Midnight Secretary

Tomu Ohmi

2

Personnages

Satozuka Kaya (22)
Après deux ans de bons et loyaux services dans la société, elle est promue secrétaire attitrée du directeur adjoint, réputé pour être un vrai tyran avec ses subordonnés. Depuis le décès de son père, elle vit seule avec sa mère. Kaya est rigoureuse, appliquée et n'a pas l'esprit souple. Son visage de gamine la fait énormément complexer.

Tohma Kyôhei (26)
Il est le directeur adjoint de la grande société d'arts de la table, Tohma, et le fils du président actuel.
Son frère aîné, Masaki, en est le directeur général. Kyôhei est un bourreau de travail, mais le bruit court que c'est un homme égoïste, arrogant et coureur de jupons. En réalité, c'est un vampire...

L'HISTOIRE

Kaya se retrouve propulsée au poste de secrétaire particulière de Kyôhei. Celui-ci lui reproche son manque de sex-appeal, mais elle va tout de même tout faire pour obtenir sa confiance par son travail émérite. Et voilà qu'une nuit au bureau, elle surprend son chef en plein rendez-vous galant, en train de sucer le sang de la jeune femme avec qui il fait l'amour. Kyôhei appartient au clan prestigieux des vampires et de ce fait, est obligé de boire du sang humain pour se nourrir. Il attire des jeunes femmes qui lui serviront de « repas » et leur fait l'amour afin de rendre leur sang encore meilleur. La seule différence entre lui et les humains, est sa sensibilité à de trop fortes lumières et à la foi chrétienne. Sachant cela, Kaya décide tout de même de continuer à accomplir son devoir de bonne secrétaire. Elle est même prête à lui offrir son sang si tel est son devoir, mais elle réalise qu'elle aimerait peut-être devenir un peu plus qu'un simple « repas »...

Midnight Secretary 2

Tomu Ohmi

SIXIÈME NUIT
Dark Red Lips

À L'ÉTAGE
DES CADRES
DE LA SOCIÉTÉ
TOHMA...
DANS
UNE PIÈCE
DÉSERTE
OÙ IL FAIT
TOUJOURS
SOMBRE...
A LIEU
UN SANGLANT
BALLET...

TAP
TAP
TAP
MLLE SATOZUKA.
PRÉPAREZ LA VOITURE.
WIIII
BIEN, MONSIEUR.
APRÈS...
JE VEUX BOIRE VOTRE SANG.

VOUS VENEZ À PEINE DE TERMINER VOTRE REPAS.
CERTES, MON ESTOMAC EST PLEIN, MAIS...
J'AI TOUJOURS LA GORGE SÈCHE.
COMME JE VOUS L'AI DIT, J'AI BESOIN DE VOTRE SANG.
FUIP
MAIS...
CELA NE FAIT PAS PARTIE DE MES FONCTIONS.
SI, C'EST VOTRE TRAVAIL.
C'EST DE VOTRE FAUTE SI VOUS AVEZ UN SANG PAREIL !

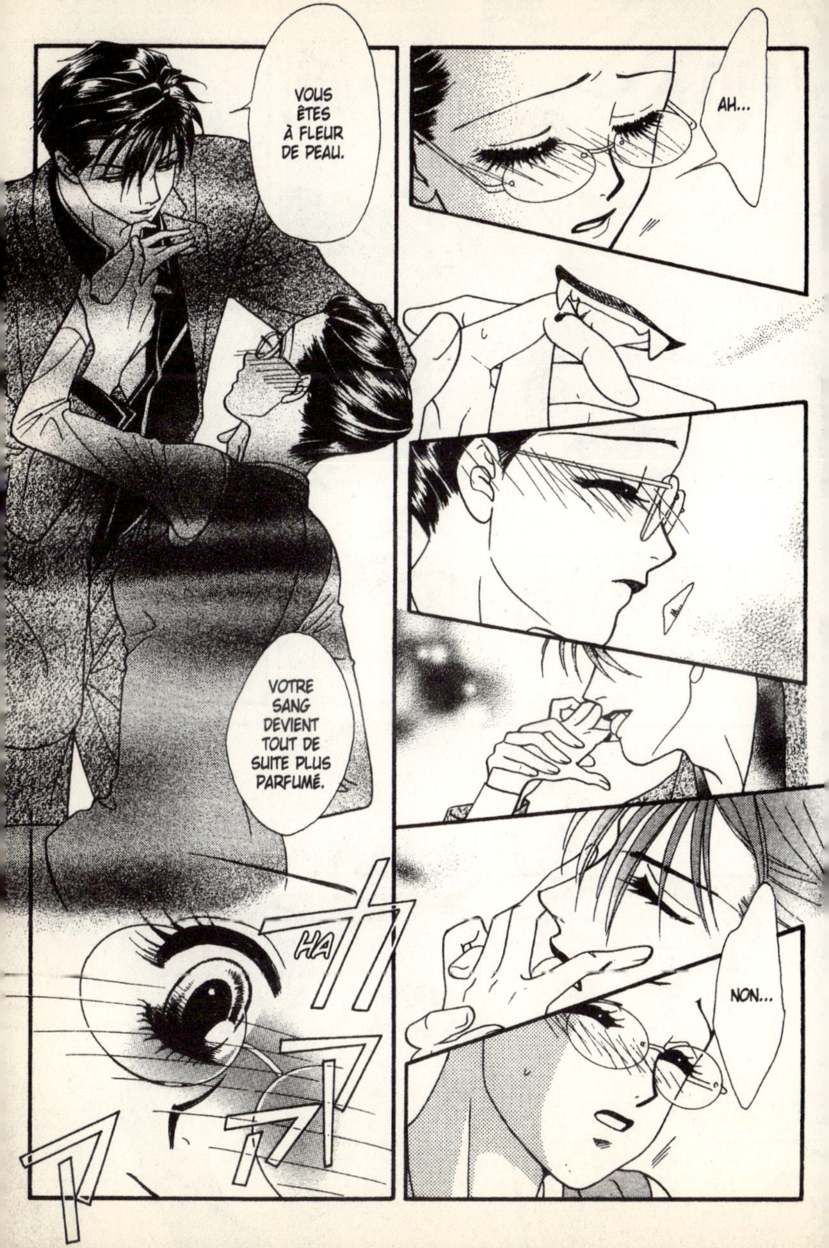
AH...
VOUS ÊTES À FLEUR DE PEAU.
VOTRE SANG DEVIENT TOUT DE SUITE PLUS PARFUMÉ.
NON...
HA

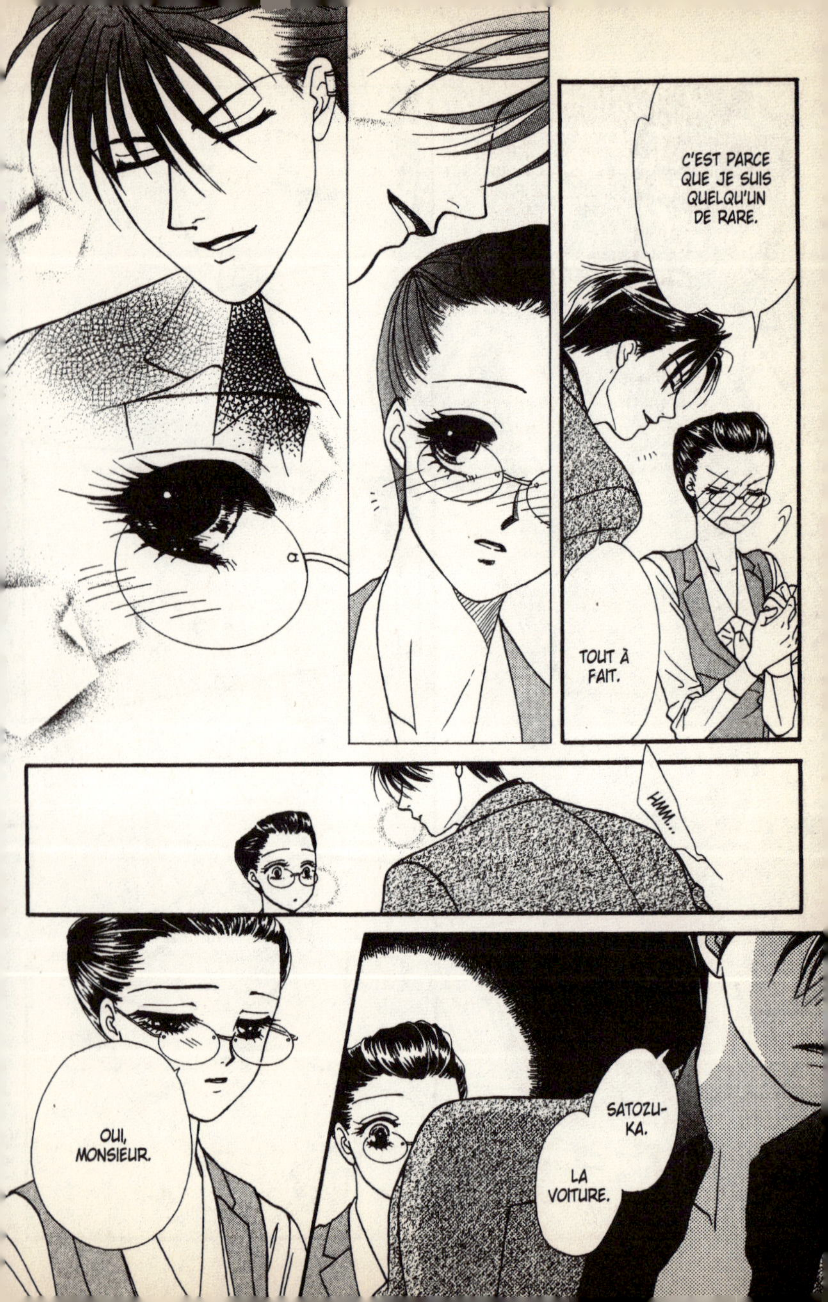
C'EST PARCE QUE JE SUIS QUELQU'UN DE RARE.
TOUT À FAIT.
HMM...
SATOZUKA.
LA VOITURE.
OUI, MONSIEUR.

J'AI BESOIN DE VOTRE SANG.
WIIIII
EN GÉNÉRAL, POUR S'ASSURER DE BOIRE DU SANG BIEN FRAIS...
MON CHEF NE SE SERT CHEZ UNE MÊME FEMME QU'UNE FOIS PAR MOIS.
MALGRÉ ÇA...
SES RELATIONS AVEC LES FEMMES N'ONT PAS CHANGÉ.
CELA VEUT DIRE QUE JE NE PEUX LE CONTENTER À MOI SEULE.
TAC
EN REVANCHE...
DE TEMPS EN TEMPS, IL M'EN PRÉLÈVE UNE GOUTTE.
MAIS JE CROIS SURTOUT QUE ÇA L'AMUSE BIEN DE CONTINUER À FAIRE LE JOLI CŒUR.

IL FAIT L'AMOUR AUX FEMMES POUR RENDRE LEUR SANG MEILLEUR...
ET ELLES AIMENT ÇA...
NON
NON
JE SUIS JALOUSE, MOI OU QUOI !?!
JE NE DEVRAIS PAS PLEURER...
LORSQUE JE NE VOIS PAS LE CHEF...
ET JE NE DEVRAIS PAS ÊTRE HEUREUSE QU'IL ME DÉSIRE.
BON, ON ARRÊTE LES FRAIS !
C'EST LE GENRE DE TYPE À VOUS EN FAIRE VOIR DE TOUTES LES COULEURS SI ON TOMBE AMOUREUSE...
JE NE DOIS PAS ENTRETENIR UNE TELLE RELATION AVEC MON PATRON !
GNN

TOUT ÇA...
C'EST DU FLAN !
BON.
UN MOUCHOIR TACHÉ DE SANG...
APPARTENANT AU CHEF ?
AUTANT ?
CE N'EST PAS POLI D'EN LAISSER AUTANT !
GRRR...
EN PLUS...
IL DOIT ÊTRE BIEN À L'OUEST POUR LAISSER TOMBER ÇA !
QUE FAIRE... C'EST VRAIMENT DÉGOÛTANT. JE POURRAIS LE BRÛLER ?
LE SAC PLASTIQUE FERA L'AFFAIRE POUR LE MOMENT...
TOC
TOC
TOC
SATOZUKA ?

OUI !?!
CONCERNANT LA PRÉSENTATION DE DEMAIN DES NOUVEAUX PRODUITS...
FROUT FROUT FROU
OUI !
HOP
BIENVENUE.
MERCI D'ÊTRE VENU, MONSIEUR.
JE VOUS ACCOMPAGNE.
Présentation des nouveaux produits de la societe Tohma. Accueil

TIENS ! LE DIRECTEUR GÉNÉRAL ET SA MÈRE, LA FEMME DU PRÉSIDENT.
JE CROIS QUE C'EST LA PREMIÈRE FOIS QUE JE LA VOIS.
C'EST RARE QU'ELLE SORTE EN PLEINE JOURNÉE...
IL PARAÎT QU'ELLE EST ALLERGIQUE AUX RAYONS DE SOLEIL...
REGARDEZ...
C'EST VRAI...
COMME LE CHEF.
LE DIRECTEUR ADJOINT AUSSI, NON ?
IL EST BIEN COMME SA MÈRE.
AH !

HAAAAA !
!?
MÈRE !
OH NON !
HEU... DÉSOLÉ !
ENTREZ VITE !
PRÉPAREZ-LUI UN ENDROIT OÙ SE REPOSER !

LE MOUCHOIR !
J'AI OUBLIÉ DE M'EN DÉBARRASSER !
JE SUIS CERTAINE QU'ELLE AUSSI EST...
ÊTES-VOUS COMME LE DIRECTEUR ADJOINT ?
VENEZ, JE VOUS AI PRÉPARÉ UNE CHAMBRE.

MONSIEUR ...
JE L'ACCOMPAGNE. VOUS POUVEZ ALLER DANS LA SALLE DE PRÉSENTATION.
MAIS...
COMPTEZ SUR MOI.
MADAME, VENEZ AVEC MOI.
SATOZUKA, VOUS...
CHLAC
VOUS VOUS SENTEZ MIEUX ?
OUI, MERCI.

UNE BIBLE...
VEUILLEZ M'EXCUSER, J'AI OUBLIÉ DE ME PRÉSENTER.
JE SUIS SATOZUKA KAYA, LA SECRÉTAIRE PARTICULIÈRE DU DIRECTEUR ADJOINT.
SATOZUKA... ?
OUI.
AH...
C'EST VOUS...
...!
MADAME !?!
VOUS AVEZ BESOIN DE SANG, N'EST-CE PAS ?
ALORS COMME ÇA VOUS ÊTES AU COURANT POUR KYÔHEI ET MOI ?
JE NE LE SUIS POUR VOUS QUE DEPUIS AUJOURD'HUI...

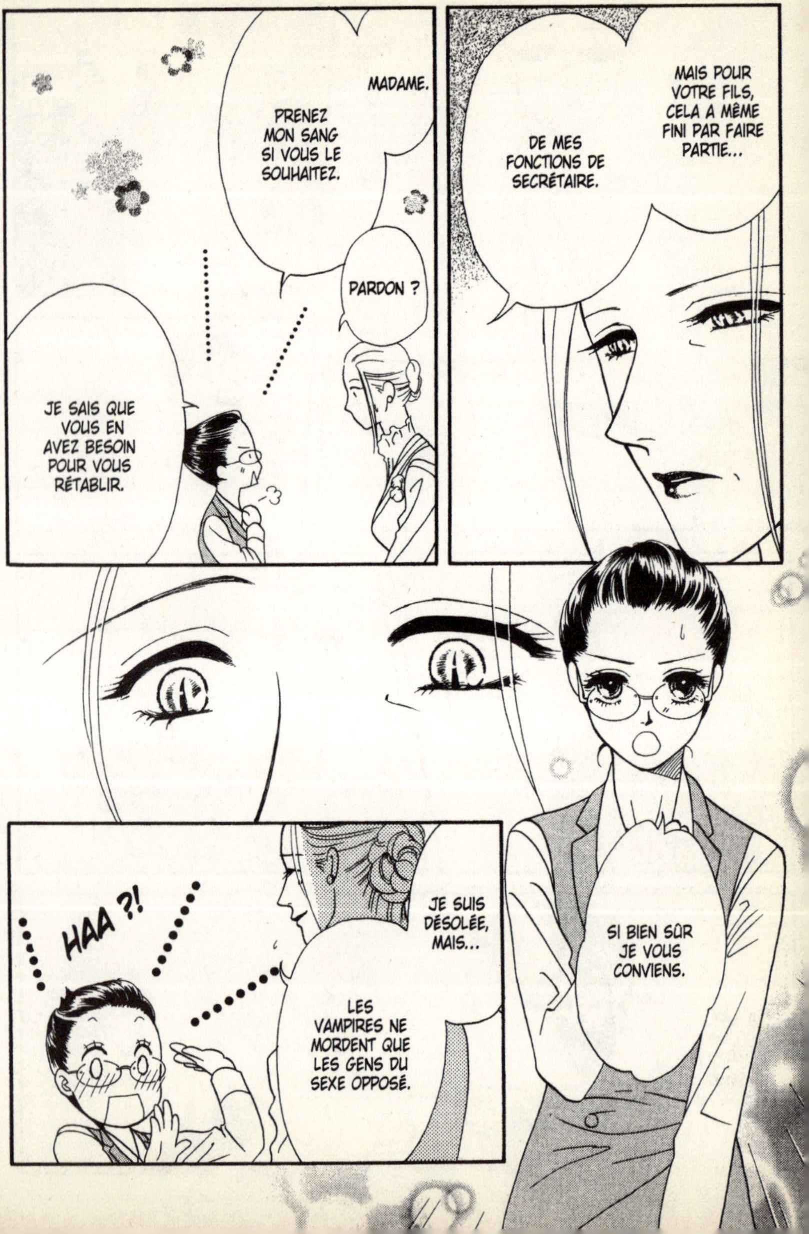
MAIS POUR VOTRE FILS, CELA A MÊME FINI PAR FAIRE PARTIE...
DE MES FONCTIONS DE SECRÉTAIRE.
MADAME.
PRENEZ MON SANG SI VOUS LE SOUHAITEZ.
PARDON ?
JE SAIS QUE VOUS EN AVEZ BESOIN POUR VOUS RÉTABLIR.
SI BIEN SÛR JE VOUS CONVIENS.
JE SUIS DÉSOLÉE, MAIS...
LES VAMPIRES NE MORDENT QUE LES GENS DU SEXE OPPOSÉ.
HAA ?!

C'EST VRAI... ?
JE VOUS PRIE DE M'EXCUSER. JE NE LE SAVAIS PAS !
ET MOI QUI CROYAIS QU'IL CHOISISSAIT DES FEMMES JUSTE POUR LE PLAISIR...
ÇA ME RASSURE QUE QUELQU'UN COMME VOUS SOIT...
AUPRÈS DE MON KYÔHEI.
CE N'EST RIEN...
VOUS ÊTES QUELQU'UN DE SÉRIEUX ET DE TRÈS COURAGEUX.
PARCE QUE MOI, JE NE SUIS MÊME PAS CAPABLE DE LE PROTÉGER...
NE DITES PAS ÇA...
SI.
EN RÉALITÉ, MON FILS M'EN VEUT...

PARCE QUE C'EST DE MA FAUTE S'IL EST NÉ AINSI.
MAIS NE VOUS IMAGINEZ PAS DES CHOSES.
MASAKI ET KYÔHEI SONT TOUS DEUX LES ENFANTS DE MON MARI.
LAISSEZ-MOI VOUS RACONTER NOTRE HISTOIRE...
DEUX VAMPIRES NE PEUVENT AVOIR D'ENFANT ENSEMBLE.
LES VAMPIRES MÂLES ONT DES ENFANTS AVEC LES HUMAINES.
ET LES VAMPIRES FEMELLES ONT DES ENFANTS AVEC LES HUMAINS.
MAIS L'ENFANT QUI EN DÉCOULE N'EST PAS MÉTISSÉ.
SOIT IL EST HUMAIN.
SOIT IL EST VAMPIRE.
ET QUE J'AI ABANDONNÉ LE CLAN APRÈS SA NAISSANCE.

C'EST POUR CELA QUE MASAKI EST TOTALEMENT HUMAIN ALORS QUE...
SON FRÈRE KYÔHEI FAIT PARTIE DU CLAN VAMPIRE.
À L'ORIGINE, LES VAMPIRES N'AFFECTIONNENT PAS LES HUMAINS...
APRÈS AVOIR CONÇU UN ENFANT...
ILS RETOURNENT AU SEIN DE LA COMMUNAUTÉ VAMPIRE, MAIS MOI...
JE SUIS TOMBÉE AMOUREUSE DE TOHMA...
MÊME SI KYÔHEI EST NÉ VAMPIRE...
J'AI DÉCIDÉ D'ABANDONNER LE CLAN, ET DE CE FAIT...
LUI AI INFLIGÉ LA SOLITUDE.

IL N'A JAMAIS VOULU SE CONFIER À MOI...
PEUT-ÊTRE QU'AVEC VOUS IL POURRA...
JE VOUS CONFIE MON FILS.
MADAME...
DING DING
DING DING
DING
YASUKO !
CHÉRI...
PRÉSIDENT.
OH, MLLE SATO-ZUKA...
MERCI, JE VAIS M'EN OCCUPER.
MERCI, MLLE SATOZUKA.

COMMENT TE SENS-TU ?
J'AI JUSTE BESOIN D'UN PEU DE TON...
ELLE EST UN VAMPIRE ET POURTANT...
ELLE EST TOMBÉE AMOUREUSE DU PRÉSIDENT, UN HOMME.
MAIS LE DIRECTEUR ADJOINT ?
LUI, IL N'AIME PAS CES FEMMES.
IL LES TRAITE BIEN SANS POUR AUTANT ÉPROUVER DE L'AMOUR POUR ELLES.
POUR MON CHEF, LA FEMME N'EST QU'UN REPAS ET UN MOYEN D'ASSURER SA DESCENDANCE.
ET MOI DANS TOUT ÇA... ?

SATOZUKA EST AU COURANT ?
KYÔHEI, NE ME DIS PAS QUE SATOZUKA EST...
ÇA NE TE REGARDE PAS.
SI, ÇA ME REGARDE ! ELLE EST AUSSI MON EMPLOYÉE.
S'EST CACHÉE INSTINCTIVEMENT.
SATOZUKA EST UNE FEMME BIEN...
ELLE N'EST PAS COMME TOUTES TES CONQUÊTES !
N'OUBLIE PAS QUE PARMI ELLES, IL Y A DES FILLES DE NOS CLIENTS.
DE PLUS...
C'EST RARE QUE TU GARDES UNE SECRÉTAIRE AUSSI LONGTEMPS.
TU AS DES SENTIMENTS POUR ELLE ?

DES SENTIMENTS ?
MOI ? POUR UNE HUMAINE ?
RIDICULE !
C'EST VRAI QUE C'EST UNE EXCELLENTE SECRÉTAIRE.
ELLE EST TRÈS UTILE, ALORS JE L'AIME BIEN.
ET PUIS...
SON SANG A VRAIMENT BON GOÛT.
EN CE SENS, OUI, ON PEUT DIRE QU'ELLE EST SPÉCIALE.
KYÔHEI... !
AH...

ARRÊTEZ, MONSIEUR !
JE VOIS...
C'EST MOI QUI AI DÉCIDÉ DE RESTER SA SECRÉTAIRE ALORS QUE JE SAVAIS QU'IL ÉTAIT UN VAMPIRE.
C'EST AUSSI MOI QUI LUI AI PROPOSÉ MON SANG EN PREMIER.
MOI AUSSI, JE NE SUIS QU'UN REPAS...
KYÔHEI, TU... !
TOUT VA BIEN POUR MOI.
JE FAIS MON TRAVAIL...
NI PLUS NI MOINS.
MÊME SI JE SUIS UN PEU SPÉCIALE...
COMME SECRÉTAIRE...
JE NE SUIS QU'UN REPAS...
MONSIEUR !

« CES FEMMES » !?!
POUR LUI, JE SUIS COMME ELLES...
J'ÉTAIS PERSUADÉE QUE J'ÉTAIS DIFFÉRENTE...
EN SACHANT QU'IL ÉTAIT UN VAMPIRE...
J'AI ACCEPTÉ D'ÊTRE SA SECRÉTAIRE.
JE LUI AI OFFERT MON SANG.
ET IL A CONTINUÉ À M'EN PRENDRE...
ET MOI QUI CROYAIS QUE J'ÉTAIS SPÉCIALE...
JE NE SUIS QU'UNE IDIOTE...
EN FIN DE COMPTE, POUR LE DIRECTEUR ADJOINT...
JE SUIS COMME TOUTES LES AUTRES, JUSTE UNE HUMAINE.

AU MOINS...
JE PEUX CONTINUER À ÊTRE SA SECRÉTAIRE.
C'EST MON DEVOIR, APRÈS TOUT...
SATOZUKA !

MON
TUE
WED
19
20
21
NT
NT le 13 février.
C'EST DEMAIN LA RÉUNION AVEC NT, LE FABRICANT DE CÉRAMIQUE ?
PARDON... ?
J'ÉTAIS EN RENDEZ-VOUS EXTÉRIEUR AVEC LE PRÉSIDENT DE NT...
ET IL M'A DIT QU'IL AVAIT DÉJÀ PRÉVENU MA SECRÉTAIRE.
UN INSTANT...
LA DATE EST DIFFÉRENTE... !?!
EXCUSEZ-MOI !
PAR MA FAUTE IL FAUT REPORTER D'UNE SEMAINE !
ET DEMAIN ?
VOUS AVEZ RENDEZ-VOUS AVEC LE PRÉSIDENT MORIWAKI.
POURQUOI EST-CE ARRIVÉ... !
JE N'ARRIVE PAS À CROIRE QUE J'AI COMMIS UNE TELLE ERREUR... !

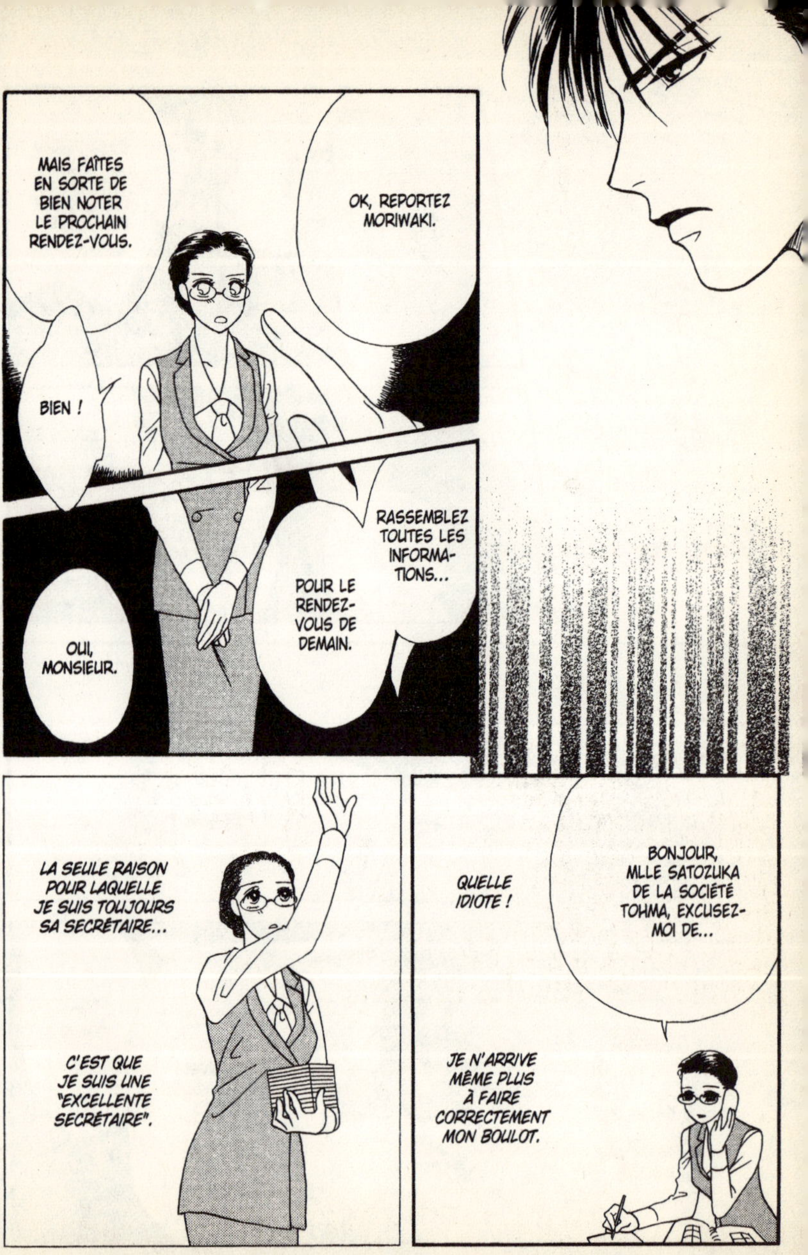
OK, REPORTEZ MORIWAKI.
MAIS FAÎTES EN SORTE DE BIEN NOTER LE PROCHAIN RENDEZ-VOUS.
BIEN !
RASSEMBLEZ TOUTES LES INFORMA-TIONS...
POUR LE RENDEZ-VOUS DE DEMAIN.
OUI, MONSIEUR.
BONJOUR, MLLE SATOZUKA DE LA SOCIÉTÉ TOHMA, EXCUSEZ-MOI DE...
QUELLE IDIOTE !
JE N'ARRIVE MÊME PLUS À FAIRE CORRECTEMENT MON BOULOT.
LA SEULE RAISON POUR LAQUELLE JE SUIS TOUJOURS SA SECRÉTAIRE...
C'EST QUE JE SUIS UNE "EXCELLENTE SECRÉTAIRE".

JE VAIS VRAIMENT FINIR...
JE SUIS PLUS UNE GÊNE POUR LUI...
MAIS LÀ...
PAR NE DEVENIR QU'UN SIMPLE REPAS.
BON...

NOUS Y SOMMES QUAND MÊME ARRIVÉS.
CHLIC
JE N'AI PAS BESOIN D'INCAPABLES, ICI...
JE SUIS VRAIMENT DÉSOLÉE.
MON-SIEUR ...
CEPENDANT, CE N'EST PAS CE QUE VOUS ÊTES.
AU REGARD DE VOTRE TRAVAIL HABITUEL...
CETTE ERREUR NE VOUS RESSEMBLE PAS.
MONSIEUR...

VOTRE COMPORTEMENT A CHANGÉ DEPUIS LE JOUR DE LA PRÉSENTATION DES NOUVEAUX PRODUITS.
ÇA N'A RIEN À VOIR AVEC LE TRAVAIL. C'EST PRIVÉ.
EXCUSEZ-MOI DE VOUS AVOIR CAUSÉ DES ENNUIS.
MÊME SI CE N'EST PAS VOTRE STYLE, UNE ERREUR RESTE UNE ERREUR.
NE RECOM-MENCEZ PAS.
BIEN, MONSIEUR.
PFUUUU
WIIII
NOUS SOMMES FATIGUÉS, HEIN ?

MAIS...
FUIP
CELA NE FAIT-IL PAS PARTIE DE VOS ATTRIBUTIONS ?
JE VEUX VOTRE SANG.
JE ME SUIS CASSÉ LE CUL POUR RÉPARER VOTRE ERREUR...
N'AI-JE PAS DROIT À UNE RÉCOMPENSE ?
JE NE VEUX PAS DEVENIR UN SIMPLE REPAS...

FUISH
MAIS POURQUOI...
JE PENSE À ÇA, MOI... ?

POURQUOI... ?
AH...

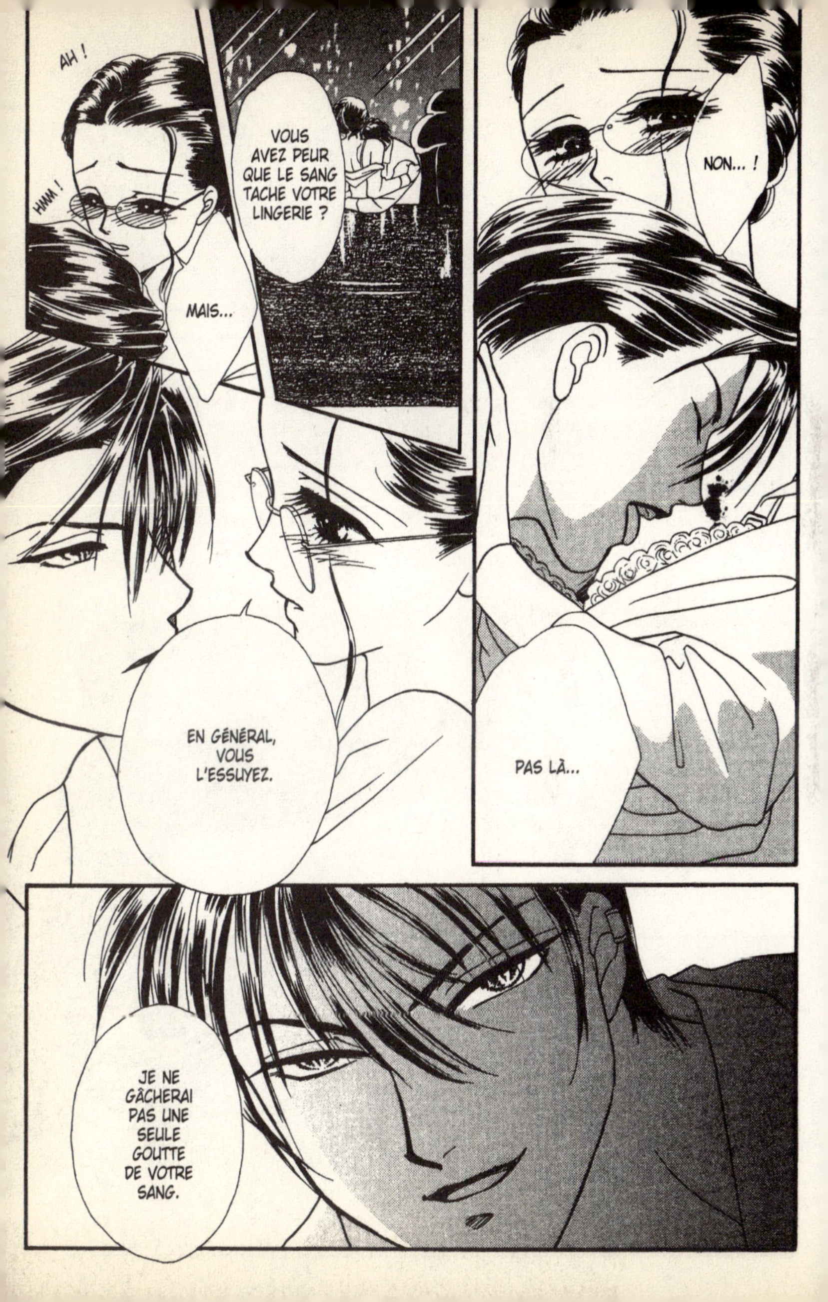
NON... !
PAS LÀ...
VOUS AVEZ PEUR QUE LE SANG TACHE VOTRE LINGERIE ?
AH !
HMM !
MAIS...
EN GÉNÉRAL, VOUS L'ESSUYEZ.
JE NE GÂCHERAI PAS UNE SEULE GOUTTE DE VOTRE SANG.

C'EST LA GOUTTE QUI ÉTANCHE MA SOIF.
UN VÉRITABLE RÉGAL CE REPAS.
UN SIMPLE REPAS...
NE ME BLÂMEZ PAS ! JE FAIS FONCTIONNER VOTRE MÉTABOLISME, ÇA VA VOUS DONNER UN JOLI TEINT !
IL L'A DIT LUI-MÊME.

ÇA COMMENCE MÊME À ME PLAIRE.
SERAIS-JE EN TRAIN DE DEVENIR UNE MAUVAISE PERSONNE... ?
Dark Red Lips * FIN *

Dessin de l'annonce pour
▲ sixième nuit « Dark Red Lips »

- Dark Red Lips -

Cette fois, nous avons assisté à l'entrée en scène de la mère des frères Tohma. Les vampires utilisent les humains pour faire des enfants. Ces derniers ne sont pas métissés et naissent soit totalement humain soit totalement vampire. J'avais déjà utilisé cette idée au début de ma carrière dans mon premier manga « Kindan no koiwo shiyou » au chapitre « Vampire ni onegai ». Par contre, à cette époque, je n'avais pas donné une image aussi négative du clan des suceurs de sang.

- For Whom This Night Is Long ? -

On m'a demandé de faire un dessin en couleur pour la première page. Je me souviens avoir dessiné la dentelle des sous-vêtements de Kaya au moment du jour de l'an. J'aime les sous-vêtements en dentelle. Kaya détache les boutons de sa chemise lorsqu'elle se fait prendre son sang et montre une grande partie de son soutien-gorge. Je le dessine donc souvent.

Septième nuit
For Whom
This Night
Is Long?

Je vous remercie pour tout le courrier que vous m'envoyez ! Chaque message me permet de rester motivée.

Je suis désolée de ne pouvoir répondre à tout le monde. Je vous enverrai tout de même à tous une carte de vœux pour la nouvelle année.

Souvent, lorsque je reçois des mails via le site du Petit-Comic, je n'arrive pas à retrouver vos adresses. C'est dommage car vous ne pourrez pas recevoir la carte de vœux.

Alors n'oubliez pas de mettre vos coordonnées dans les mails !

Soleil Manga
25 rue Titon
75013 Paris

Encore merci de votre soutien !

Scène pour l'annonce de la huitième nuit ▼ « Between You And Me ».

WIII
BIENVENUE, MONSIEUR.
ZUIP
FUUP
SATOZUKA.
VENEZ.
WIII

M...
M!
IL NE FAUT PAS.
CE N'EST PAS BIEN.
QU'EST-CE QUI N'EST PAS BIEN ?
DE VOUS PRENDRE VOTRE SANG ?
OU DE FAIRE ÇA AU BUREAU ?

DE LE FAIRE DE CETTE FAÇON.
J'AI ACCEPTÉ D'ÊTRE VOTRE SECRÉTAIRE...
TOUT EN SACHANT QUE VOUS ÊTES UN VAMPIRE.
VOUS N'AVEZ DONC PAS BESOIN DE ME TRAITER COMME...
LES AUTRES FEMMES QUI NE SONT PAS AU COURANT...
CE QUE VOUS VOULEZ DIRE...
C'EST QUE VOUS NE VOULEZ PAS EN TIRER DU PLAISIR ?
OU QUE VOUS N'EN AVEZ PAS BESOIN POUR QUE VOTRE SANG SOIT MEILLEUR ?
LES DEUX, PEUT-ÊTRE ?

JE N'AI BESOIN QUE D'UNE SEULE GOUTTE DE VOTRE SANG POUR ÉTANCHER MA SOIF.
ALORS J'ESSAIE DE FAIRE EN SORTE QU'ELLE SOIT BIEN PARFUMÉE.
MAIS COMME VOUS ÊTES TRÈS SENSIBLE, ÇA NE ME PREND PAS BEAUCOUP DE TEMPS.
IL VEUT PRENDRE MON SANG EN ME CARESSANT AVEC SES MAINS...
QUI ONT TOUCHÉ TOUTES CES FEMMES.
J'AIMERAIS QUE VOUS NE BUVIEZ PAS MON SANG LES JOURS OÙ VOUS AVEZ DÉJÀ PRIS UN REPAS.
JE PRÉFÉRERAIS QUE VOUS FASSIEZ ÇA LES AUTRES JOURS.
COMME ÇA VOUS AUREZ MOINS SOUVENT FAIM, NON ?
VOUS NE FAITES QUE DEUX OU TROIS REPAS PAR SEMAINE.

EN PLUS, LORSQUE J'AI LE VENTRE PLEIN, JE PEUX ME CONTENTER D'UNE SEULE GOUTTE.
BOIRE UN AUTRE SANG NE FAIT QU'AUGMENTER MON APPÉTIT POUR LE VÔTRE.
À L'INVERSE, SI J'AVAIS TRÈS FAIM, JE SERAIS CAPABLE DE VOUS MANGER TOUT ENTIÈRE.
POURQUOI EST-CE QUE CE PRÉTEXTE DÉBILE...
ME FAIT-IL TOUT DE MÊME PLAISIR ?
VOTRE FIDÉLITÉ EST SUSPECTE.
MA FIDÉLITÉ...
J'AIME ÊTRE DÉSIRÉE...
JE DEVRAIS ME FAIRE UN PLANNING, ALORS.

OUI... MA FIDÉLITÉ EN TANT QUE SECRÉTAIRE...
C'EST TOUT CE QUE JE SUIS...
MLLE SATOZUKA.
MONSIEUR TOHMA.
VOUS AVEZ UN MOMENT ?
COMMENT VA MON FRÈRE ?
IL NE VIENDRA PAS AU BUREAU AUJOURD'HUI.
AVEC LE NOMBRE DE MAILS QU'IL M'ENVOIE C'EST COMME S'IL ÉTAIT TOUJOURS PRÉSENT.
HA, TOUJOURS À COURIR PARTOUT, CELUI-LÀ !
LE DÉVELOPPEMENT D'UN NOUVEAU DÉPARTEMENT EST SON IDÉE APRÈS TOUT !
C'EST SURPRENANT.

LE DIRECTEUR GÉNÉRAL...
IL EST BEAU...
JEUNE, DOUÉ DANS SON TRAVAIL ET GENTIL EN PLUS...
JE L'ADMIRE VRAIMENT.
J'AI TOUJOURS CRU QUE SI UN JOUR JE TOMBAIS AMOUREU-SE, CE SERAIT D'UN HOMME COMME LUI.
WIIII
CLAC
JE VOUS EN PRIE, ASSEYEZ-VOUS.
DÉSOLÉ DE VOUS ACCAPARER.
NON, CE N'EST RIEN.
J'AIMERAIS VOUS PARLER DE KYÔHEI.

SI VOUS LE SOUHAITEZ...
JE PEUX VOUS FAIRE MUTER À UN AUTRE POSTE.
SATOZUKA EST AU COURANT ?
SON SANG A TRÈS BON GOÛT.
VOUS PENSEZ QUE CE N'EST PAS UNE BONNE CHOSE QUE JE SOIS...
LA SECRÉTAIRE DE VOTRE FRÈRE ?

NON... HEU... EN FAIT...
OUI.
ÉVIDEMMENT QUE VOTRE RELATION N'EST PAS SAINE.
MAIS CE N'EST PAS CE QUE JE VOULAIS DIRE.
LORSQUE MA MÈRE A FAIT SON MALAISE L'AUTRE JOUR...
ON M'A DIT QUE VOUS VOULIEZ LUI DONNER VOTRE SANG.
AH, C'ÉTAIT ÇA...
J'AI PARLÉ SANS RÉFLÉCHIR...
JE NE SAVAIS PAS QUE LES VAMPIRES NE BUVAIENT QUE LE SANG DE PERSONNES DU SEXE OPPOSÉ.
NON.
JE VOULAIS DIRE QUE VOUS AVEZ MONTRÉ UN GRAND SENS DE LA DÉVOTION.
CONTINUER À ÊTRE LA SECRÉTAIRE DE KYÔHEI...
TOUT EN LUI DONNANT VOTRE SANG...
ÇA NE VOUS GÊNE PAS ?

EN FAIT...
J'AI PEUR QUE KYÔHEI ABUSE DE VOTRE DÉVOTION.
JE ME FAIS DU SOUCI POUR VOUS.
MAIS D'UN AUTRE CÔTÉ SI VOUS ÊTES AMOUREUSE DE LUI...
AH... NON...
JE L'AIME BIEN EN TANT QUE CHEF...
AUTRE-MENT...
JE LE RESPECTE... ENFIN, PAS EN TANT QU'HOMME...
IMPOSSIBLE !
AMOUREUSE...
JE SUIS SECRÉTAIRE ET LE DIRECTEUR ADJOINT EST MON CHEF.

JE N'AI PAS CE GENRE DE SENTIMENT...
NON...

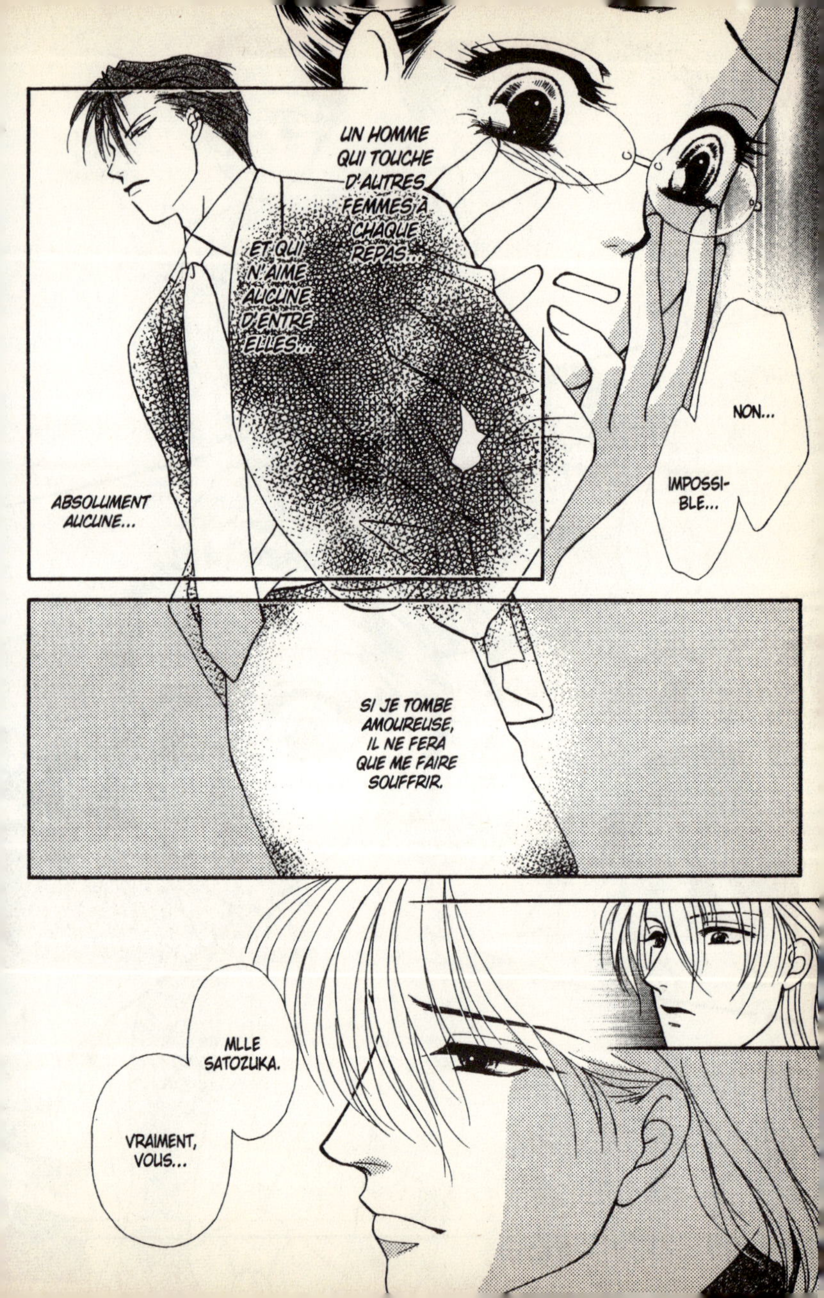
UN HOMME QUI TOUCHE D'AUTRES FEMMES À CHAQUE REPAS...
NON...
IMPOSSIBLE...
ET QUI N'AIME AUCUNE D'ENTRE ELLES...
ABSOLUMENT AUCUNE...
SI JE TOMBE AMOUREUSE, IL NE FERA QUE ME FAIRE SOUFFRIR.
MLLE SATOZUKA.
VRAIMENT, VOUS...

PLIP
PLIP
VOUS AIMEZ KYÔHEI.
PLIP
PLIP
PLIP
RAISON DE PLUS...
POUR VOUS ÉLOIGNER DE LUI.

Vous devez savoir...
Que c'est la seule chose à faire.
J'aime mon frère, mais...
Un vampire et un homme auront toujours du mal à se comprendre.
Et c'est encore plus difficile d'aimer un vampire lorsqu'on est une femme.
Kyôhei est un homme difficile à aimer.
Bien sûr, c'est toujours possible que vous arriviez à le changer.
Et si ça le rend heureux, j'en serais vraiment content.

MAIS...
LE FAIT QUE NOTRE MÈRE AIT ABANDONNÉ LE CLAN DES VAMPIRES À SA NAISSANCE...
A TOUJOURS ÉTÉ CONSIDÉRÉ PAR KYÔHEI COMME UNE TRAHISON.
DONC...
JE PENSE QUE CE SERA ENCORE PLUS DIFFICILE POUR LUI D'AIMER UNE HUMAINE.
C'EST POUR CELA QUE JE VOUS PROPOSE DE CHANGER DE POSTE.
ET MÊME DE CHANGER DE FONCTION.
VENEZ ME VOIR QUAND VOUS AUREZ PRIS UNE DÉCISION.
RÉFLÉCHISSEZ BIEN.

SI VOUS VOULEZ RESTER UN MOMENT ICI...
WIIII
MERCI BEAUCOUP...
CLAC
NON...
CE N'EST PAS POSSIBLE !
TELLEMENT DÉVOUÉE DANS MON TRAVAIL...
QUE J'EN SUIS ARRIVÉE À TOMBER AMOUREUSE DE LUI...
SANS MÊME M'EN RENDRE COMPTE...

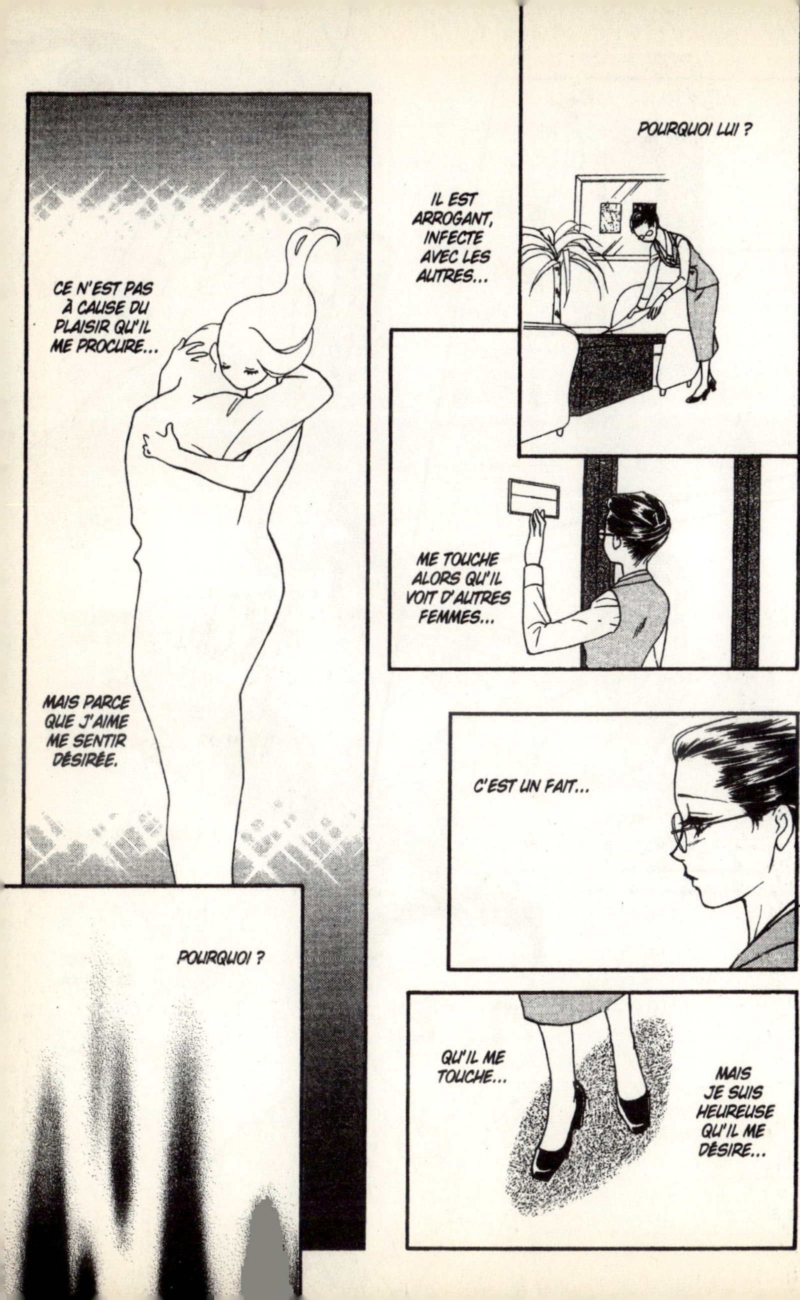
POURQUOI LUI ?
IL EST ARROGANT, INFECTE AVEC LES AUTRES...
ME TOUCHE ALORS QU'IL VOIT D'AUTRES FEMMES...
C'EST UN FAIT...
QU'IL ME TOUCHE...
MAIS JE SUIS HEUREUSE QU'IL ME DÉSIRE...
CE N'EST PAS À CAUSE DU PLAISIR QU'IL ME PROCURE...
MAIS PARCE QUE J'AIME ME SENTIR DÉSIRÉE.
POURQUOI ?

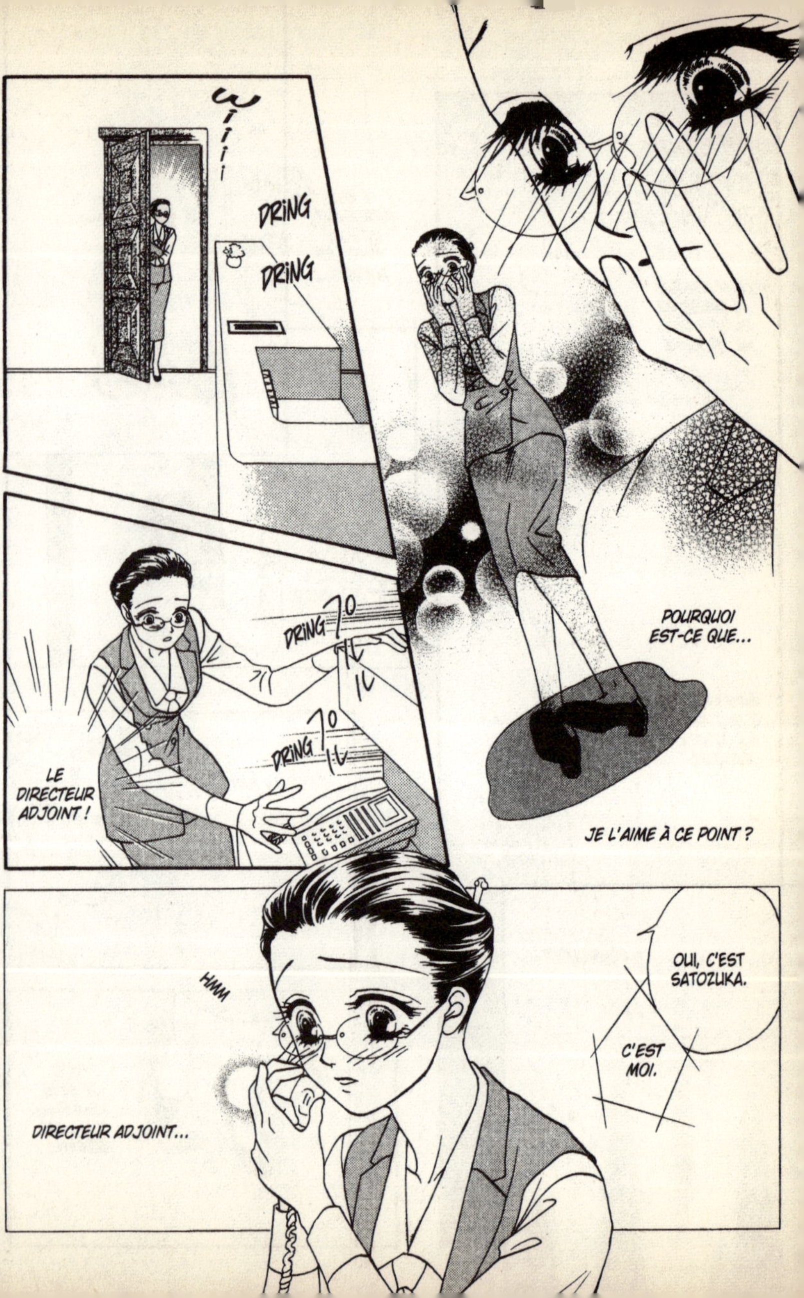
Wiiii
DRING
DRING
POURQUOI EST-CE QUE...
JE L'AIME À CE POINT ?
DRING
DRING
LE DIRECTEUR ADJOINT !
OUI, C'EST SATOZUKA.
C'EST MOI.
HMM
DIRECTEUR ADJOINT...

JE VEUX UN RENDEZ-VOUS AVEC LES CADRES DE LA SOCIÉTÉ NT LE PLUS TÔT POSSIBLE.
TRÈS BIEN.
J'AURAIS BESOIN D'UN DOCUMENT POUR LES CONVAINCRE.
JE PEUX COMPTER SUR VOUS ?
OUI, MONSIEUR.
BIEN.
APPORTEZ-MOI ÇA DÈS QUE CE SERA FAIT.
MATSUSHITA PASSERA VOUS CHERCHER. SOYEZ LÀ DANS DEUX HEURES.
FRICH
FRICH
FRICH
FRICH
TRÈS BIEN.

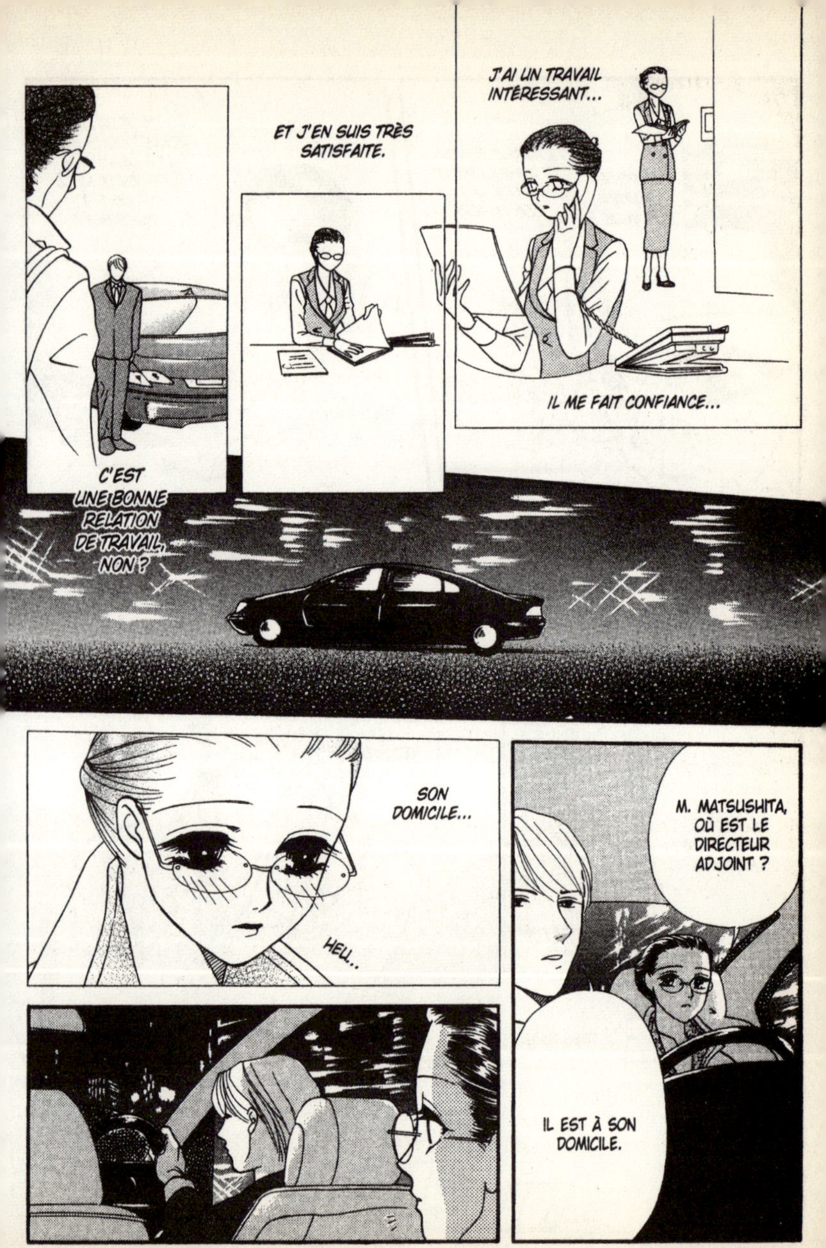

J'AI UN TRAVAIL INTÉRESSANT...
ET J'EN SUIS TRÈS SATISFAITE.
IL ME FAIT CONFIANCE...
C'EST UNE BONNE RELATION DE TRAVAIL, NON ?
M. MATSUSHITA, OÙ EST LE DIRECTEUR ADJOINT ?
IL EST À SON DOMICILE.
SON DOMICILE...
HEU...

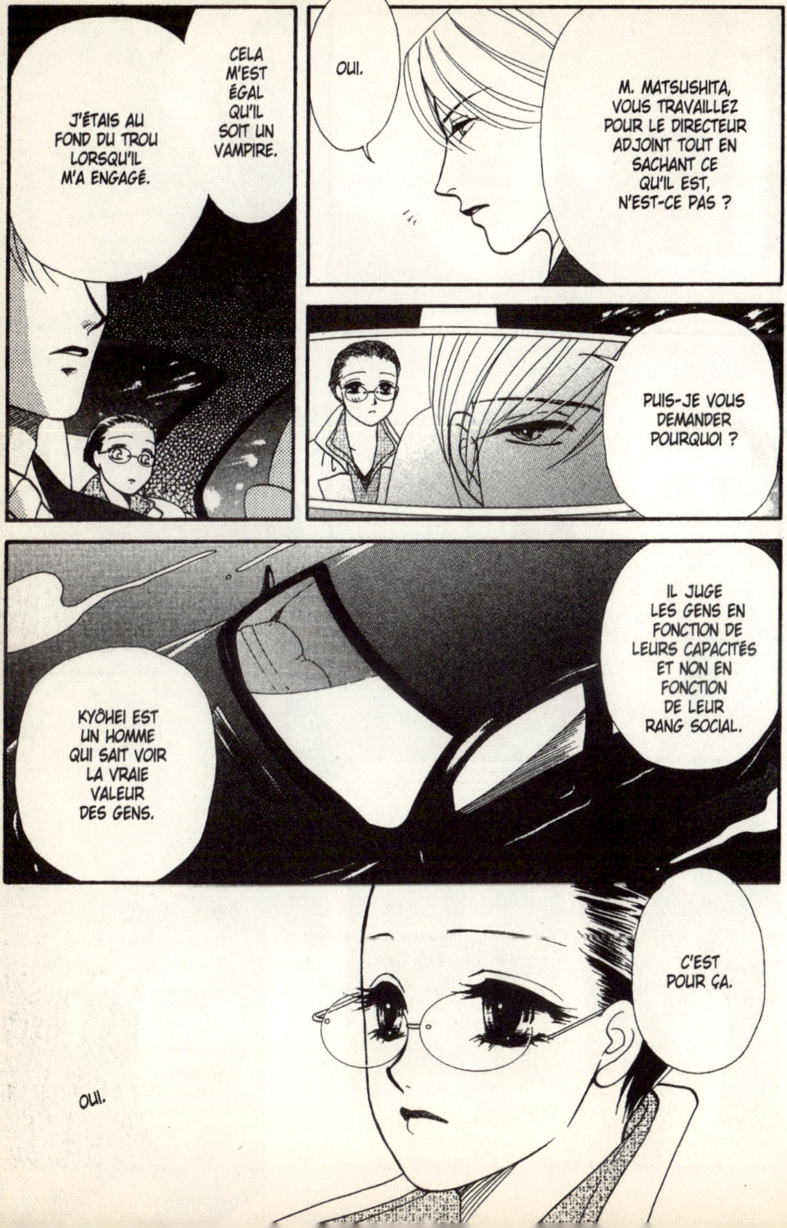
M. MATSUSHITA, VOUS TRAVAILLEZ POUR LE DIRECTEUR ADJOINT TOUT EN SACHANT CE QU'IL EST, N'EST-CE PAS ?
OUI.
CELA M'EST ÉGAL QU'IL SOIT UN VAMPIRE.
J'ÉTAIS AU FOND DU TROU LORSQU'IL M'A ENGAGÉ.
PUIS-JE VOUS DEMANDER POURQUOI ?
IL JUGE LES GENS EN FONCTION DE LEURS CAPACITÉS ET NON EN FONCTION DE LEUR RANG SOCIAL.
KYÔHEI EST UN HOMME QUI SAIT VOIR LA VRAIE VALEUR DES GENS.
C'EST POUR ÇA.
OUI.

BIEN QU'IL SOIT ARROGANT...
OU SARCASTIQUE...
IL JUGE LES GENS À LEUR JUSTE VALEUR.
ÉTANT CE GENRE D'HOMME...
IL N'A PAS HÉSITÉ...
BIP
À ME DONNER LES CLEFS.
IL M'A DIT QUE VOUS POUVIEZ ENTRER LIBREMENT.
IL A TRAVAILLÉ JOUR ET NUIT CES DERNIERS TEMPS...
IL EST VRAIMENT FATIGUÉ.

EXCUSEZ-MOI...
JE SUIS LÀ.
VOUS ÊTES À L'HEURE.

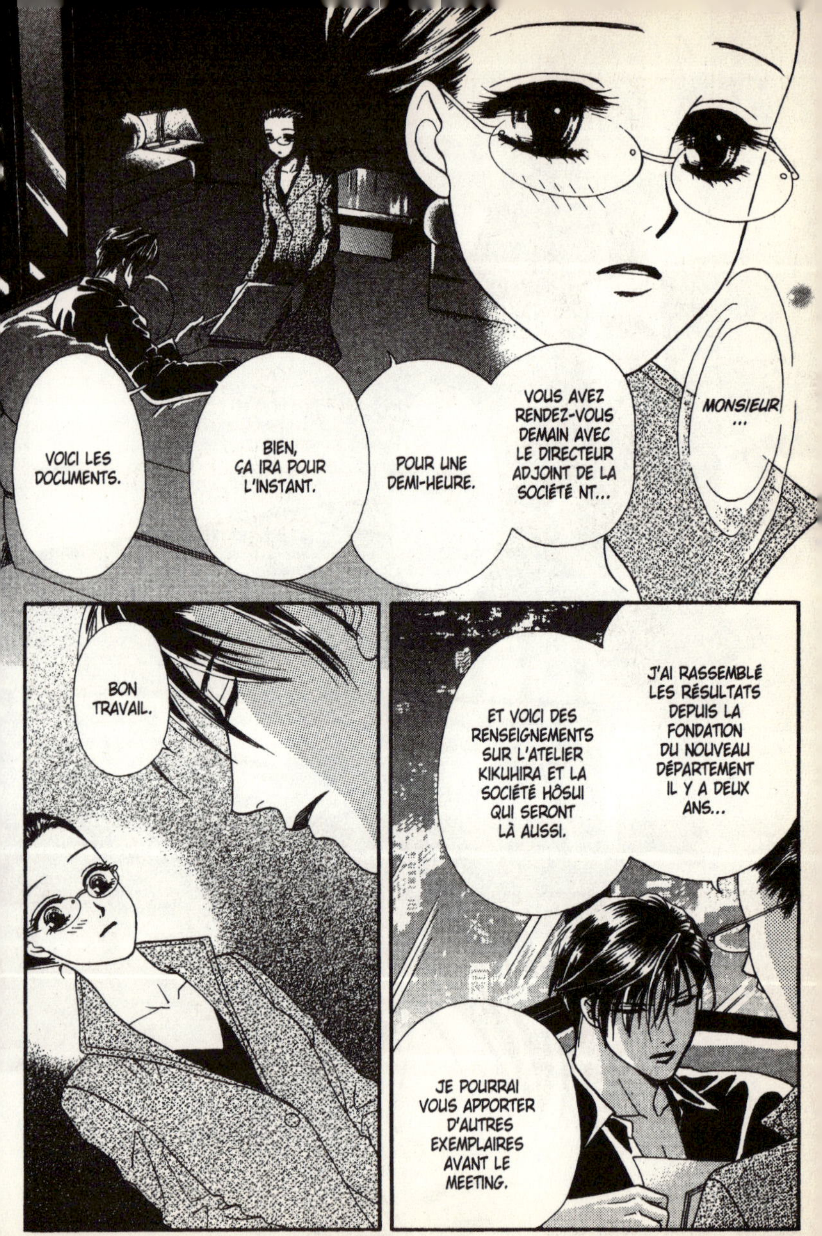
MONSIEUR ...
VOUS AVEZ RENDEZ-VOUS DEMAIN AVEC LE DIRECTEUR ADJOINT DE LA SOCIÉTÉ NT...
POUR UNE DEMI-HEURE.
BIEN, ÇA IRA POUR L'INSTANT.
VOICI LES DOCUMENTS.
J'AI RASSEMBLÉ LES RÉSULTATS DEPUIS LA FONDATION DU NOUVEAU DÉPARTEMENT IL Y A DEUX ANS...
ET VOICI DES RENSEIGNEMENTS SUR L'ATELIER KIKUHIRA ET LA SOCIÉTÉ HÔSUI QUI SERONT LÀ AUSSI.
JE POURRAI VOUS APPORTER D'AUTRES EXEMPLAIRES AVANT LE MEETING.
BON TRAVAIL.

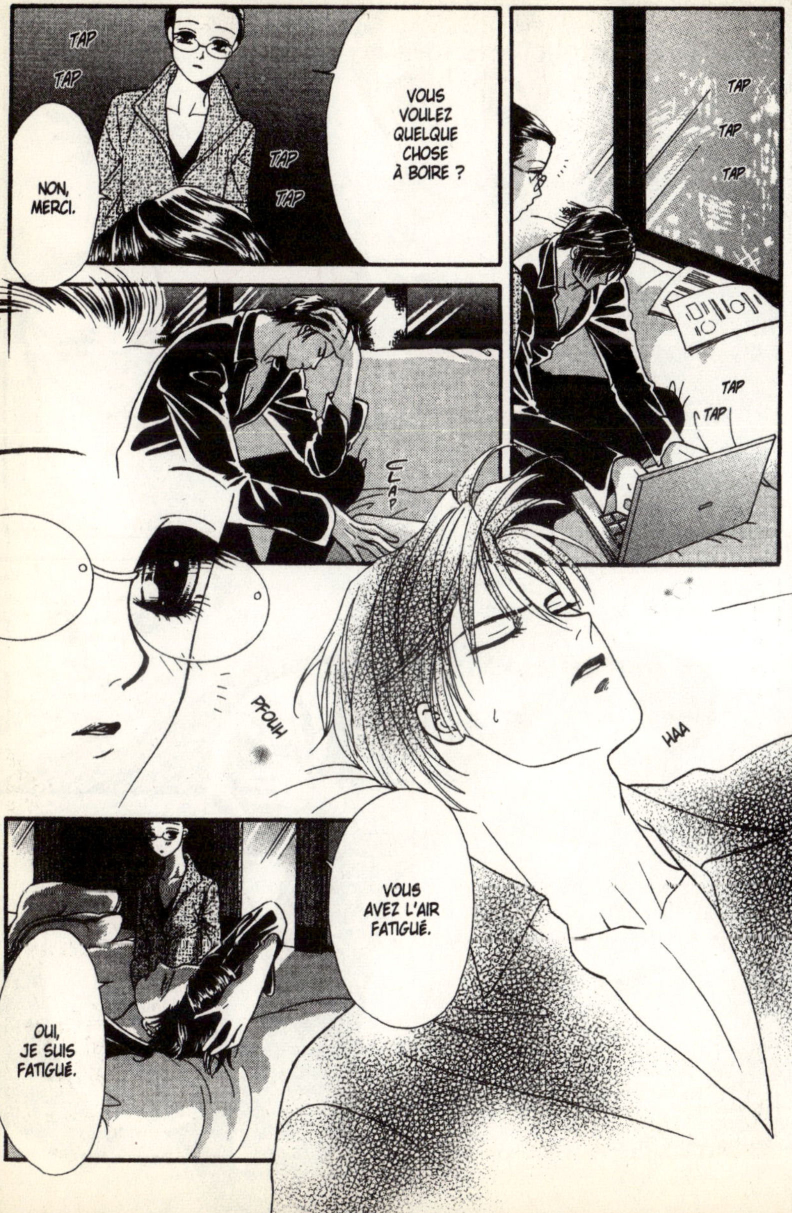
TAP
TAP
TAP
VOUS VOULEZ QUELQUE CHOSE À BOIRE ?
TAP
TAP
TAP
TAP
NON, MERCI.
TAP
TAP
CLAP
PFOUH
HAA
VOUS AVEZ L'AIR FATIGUÉ.
OUI, JE SUIS FATIGUÉ.

VOUS AVEZ UN "REPAS" DEMAIN, MAIS...
VOULEZ-VOUS QUE J'APPELLE QUELQU'UN ?
JE NE REÇOIS AUCUNE FEMME ICI.
EN PLUS...
JE N'AI PAS ENVIE DE VOIR DE FEMMES.
VOUS ME DONNEZ VOTRE SANG ?

UNE FEMME C'EST DES CONTRAINTES...
MOI JE SUIS "LA FEMME SANS CONTRAINTE".
IL EST CRUEL.
MAIS...
J'AI L'IMPRESSION...
QU'IL VEUT ME DIRE QUELQUE CHOSE...
OU BIEN C'EST MOI QUI ME L'IMAGINE... ?

QUAND VOTRE MASQUE DE SECRÉTAIRE TOMBE...
VOUS AVEZ VRAIMENT UN VISAGE D'ENFANT.
JE VOUS ASSURE QUE VOUS ÊTES UNE EXCELLENTE SECRÉTAIRE.
NE VOUS METTEZ PAS EN COLÈRE.
CE NE SONT NI LES LUNETTES NI LA COIFFURE QUI FONT LA SECRÉTAIRE...
MAIS VOTRE ATTITUDE.
DONC...
MÊME SANS VOS PETITS ARTIFICES VOUS AVEZ VRAIMENT...
"UN VISAGE DE SECRÉTAIRE". C'EST CELA QUE ÇA VEUT DIRE.
BIEN QUE VOUS AYEZ L'AIR JEUNE.

OUI...
IL A RAISON.
MAIS POURQUOI...
IL VOIT MON VRAI MOI.
POURQUOI FALLAIT-IL QUE CE SOIT LUI... ?
IL ME DIT EXACTEMENT CE QUE J'AI BESOIN D'ENTENDRE.
LUI...

SATOZU-
KA...
JE L'AIME...

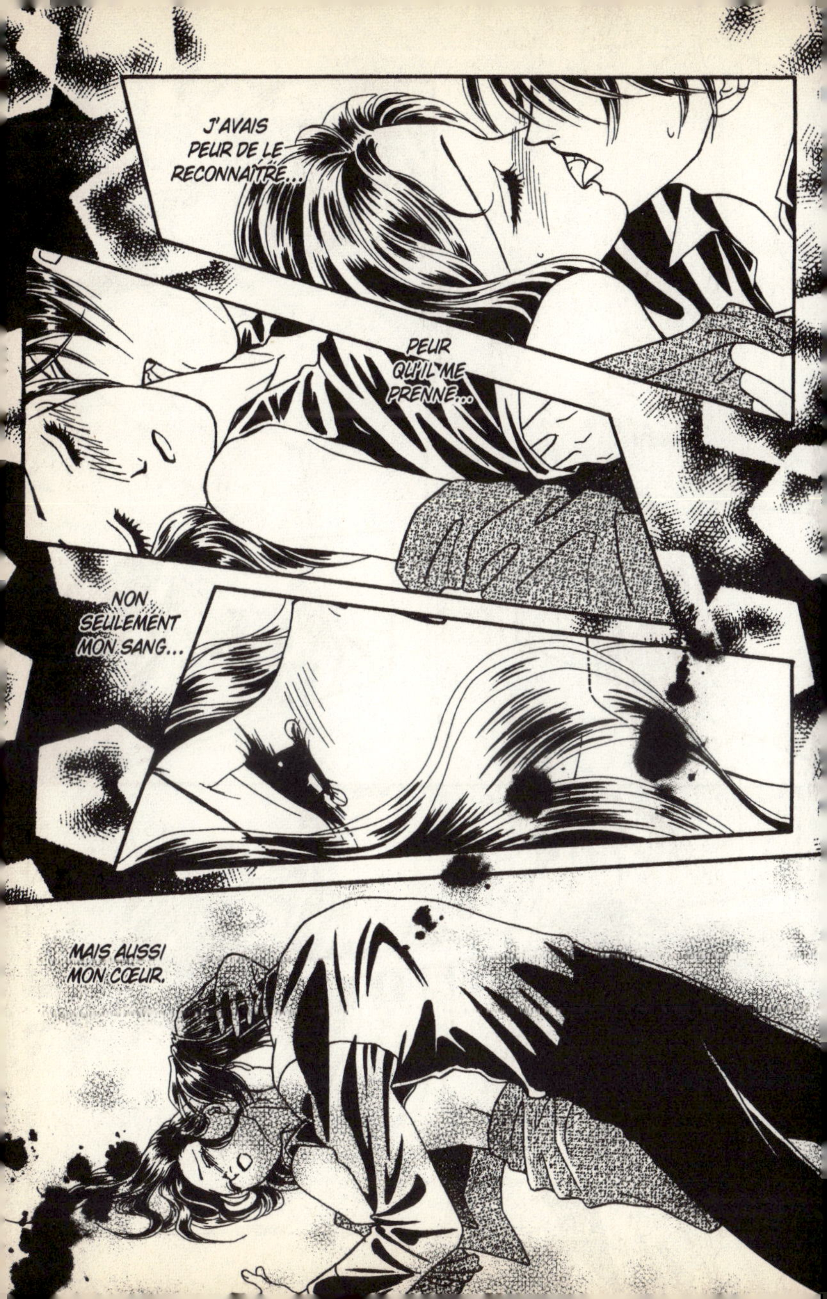
J'AVAIS PEUR DE LE RECONNAÎTRE...
PEUR QU'IL ME PRENNE...
NON SEULEMENT MON SANG...
MAIS AUSSI MON CŒUR.

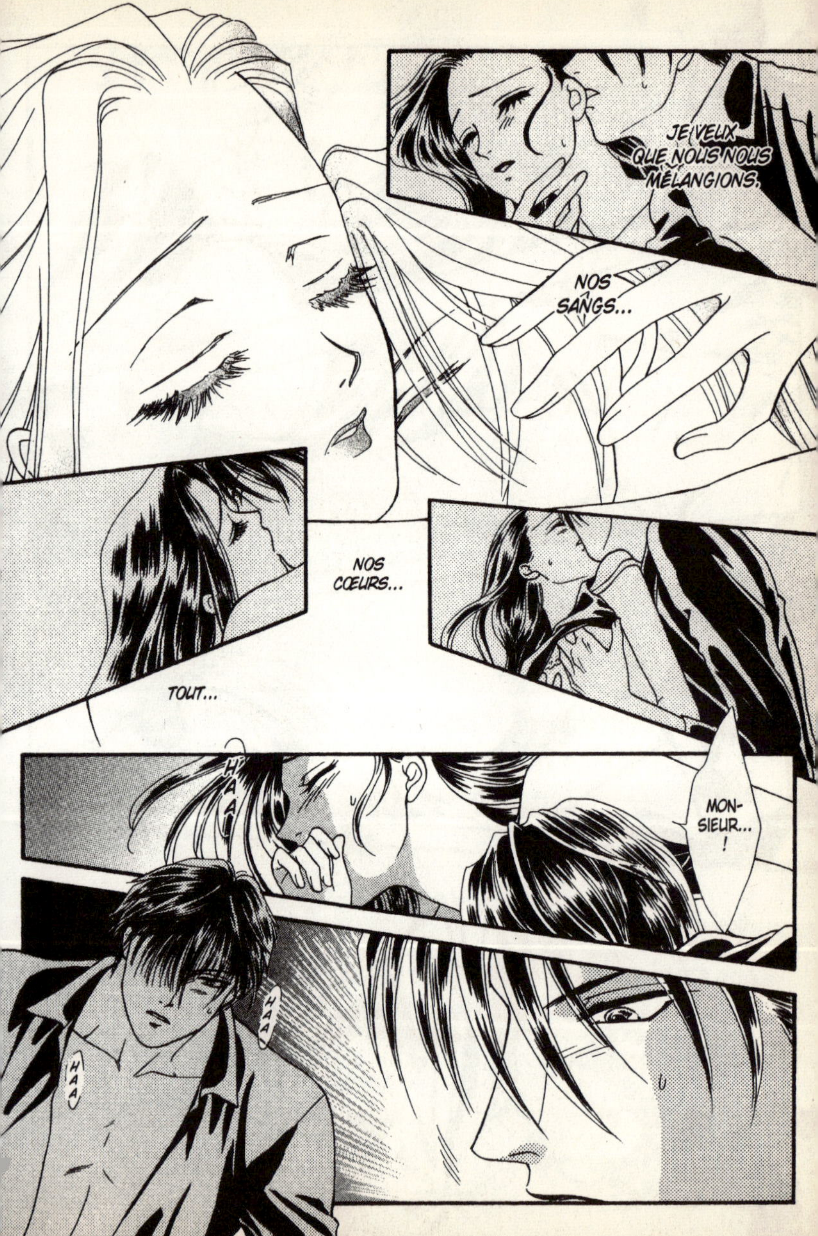
JE VEUX QUE NOUS NOUS MÊLANGIONS.
NOS SANGS...
NOS CŒURS...
TOUT...
MON-SIEUR... !
HAA
HAA
HAA

HAA
HAA
HAA
POM
ÇA SUFFIT...
CHLIC
RENTREZ.
BIEN...

JE NE VOULAIS PAS SIMPLEMENT DU SANG... ?
LE DIRECTEUR ADJOINT NE ME DÉSIRE PAS...
IL VEUT JUSTE MON SANG... ?
NON...
CELA ME FAIT SOUFFRIR...
MAIS C'EST LUI QUE JE VEUX...

S'IL ME TOUCHE ENCORE...
SI JE LUI LIVRE TOUT...
MON SANG, MON CŒUR, MON CORPS, TOUT MON ÊTRE...
IL ME VOLERA TOUT.
JE NE POURRAI PLUS REVENIR EN ARRIÈRE... !
VRiii
SATOZUKA !?!
CLAP
J'ÉTAIS SUR LE POINT D'ALLER VOIR KYÔHEI, MAIS...
QU'EST-CE QUI S'EST PASSÉ ?

MONSIEUR LE DIRECTEUR GÉNÉRAL... !
JE NE PEUX PLUS RESTER PRÈS DE LUI... !
For Whom This Night Is Long? * FIN *

Huitième nuit

Between You And Me

JE NE PEUX PLUS RESTER PRÈS DE LUI... !
PENSER À LUI ME FAIT TROP SOUFFRIR...
JE ME SUIS CONFIÉE À SON FRÈRE, MAIS...
PARDON... ?
JE VOUS RETIRE DU POSTE DE SECRÉTAIRE DU DIRECTEUR ADJOINT TOHMA.
EN ATTENDANT VOTRE REMPLACEMENT, CE SERA...
LE SECRÉTARIAT QUI SE CHARGERA DE CE TRAVAIL

NOUS ALLONS DIRE QUE VOUS ÊTES MALADE...
PAUSEZ DES JOURS...
JE DÉCLARE OFFICIELLEMENT LE CHANGEMENT DE FONCTION.
COMME KYÔHEI VOUS A PRIS DU SANG...
IL NE TROUVERA PAS VOTRE PRISE DE CONGÉS ÉTRANGE.
NOUS NOUS REMETTONS SIMPLEMENT DANS LA MÊME CONFIGURATION QU'IL Y A SIX MOIS.
NOUS N'AVONS PAS BESOIN DE TEMPS POUR EFFECTUER LA TRANSITION.
NON... !
MONSIEUR, ÉCOUTEZ... !
VEUILLEZ M'EXCUSER !
JE N'AURAIS PAS DÛ VOUS DIRE ÇA.

PARCE QUE VOUS ÊTES LA SEULE PERSONNE À CONNAÎTRE...
LA VÉRITÉ...
VOUS ÉTIEZ TELLEMENT GENTIL AVEC MOI QUE J'AI FINI PAR ME PLAINDRE.
SATOZUKA EST AU COURANT ?
MLLE SATOZUKA, VOUS...
ÊTES AMOUREUSE DE KYÔHEI...
MAINTENANT... LE FAIT QUE MA VIE PRIVÉE PERTURBE LE BON FONCTIONNEMENT DE L'ENTREPRISE...
N'EST PAS UNE ATTITUDE RESPONSABLE. JE VEUX ME RATTRAPER.

EN PLUS, EN CE MOMENT, IL Y A LA CRÉATION DU NOUVEAU DÉPARTEMENT...
LE DIRECTEUR ADJOINT ET TOUTE LA SECTION ONT BEAUCOUP À FAIRE.
MLLE SATOZUKA.
PERSONNE NE PEUT IMAGINER...
LES CHOSES INSUPPORTABLES...
QUE VOUS ÊTES EN TRAIN D'ENDURER.
POUR LES AUTRES, CELA NE REPRÉSENTE RIEN ALORS QUE POUR VOUS, C'EST UNE BLESSURE QUE VOUS GARDEREZ À VIE.
QUI PEUT PARLER D'IRRESPONSABILITÉ FACE À CE QUE VOUS ÊTES EN TRAIN DE VIVRE ?
VOUS N'AVEZ JAMAIS PERTURBÉ LE BON FONCTIONNEMENT DE L'ENTREPRISE.

VOUS FAITES UN EXCELLENT TRAVAIL.
VOUS SERIEZ UNE GROSSE PERTE POUR LA SOCIÉTÉ.
FAITES COMME SI...
C'ÉTAIT MOI QUI VOUS L'ORDONNAIS.
NE VOUS INQUIÉTEZ PAS POUR VOTRE MÈRE.
JE VOUS PROMETS DE LA PROTÉGER.

MONSIEUR, VOUS SAVIEZ... !?!
NON, MAIS COMME C'EST KYÔHEI...
JE ME DOUTAIS QU'IL VOUS TENAIT AVEC ÇA.
VLAM
JE NE PENSE PAS QU'IL AURAIT LÂCHÉ UN BON ÉLÉMENT AUSSI FACILEMENT.
UN ÉLÉMENT...
HUM
JE SUIS VRAIMENT DÉSOLÉE...
MONSIEUR... !
J'AGIS EN FONCTION DE MES SENTIMENTS...
NON SEULEMENT POUR LA SOCIÉTÉ...
MAIS AUSSI EN TANT QUE GRAND FRÈRE DE KYÔHEI.
MONSIEUR...

SECRÉTARIAT
Wiiii
MLLE SATOZUKA, VOUS AVEZ BIEN TRAVAILLÉ...
MALGRÉ LA DIFFICULTÉ DU POSTE.
PRENEZ DU REPOS SANS VOUS SOUCIER DU RESTE.
NOUS NE POURRONS PAS TRAVAILLER AUSSI BIEN QUE VOUS...
MAIS VOUS POUVEZ COMPTER SUR NOUS !
REFUSER AURAIT ÉTÉ MANQUER DE RESPECT À TOUS.
JE NE POUVAIS RIEN DIRE...
Wiiii

C'EST VRAI QUE MON JOB ÉTAIT DIFFICILE, MAIS...
JE L'AIMAIS BIEN.
JE NE VEUX PAS QUITTER MA PLACE...
JE PENSE QUE J'ÉTAIS LA SEULE À POUVOIR FAIRE CERTAINES CHOSES PARCE QUE JE CONNAISSAIS SON SECRET...
ORGANISER SON PLANNING...
EN FONCTION DU SOLEIL...
GÉRER LES PROBLÈMES...
ARRANGER SES "REPAS"...

IL FAUDRAIT PRÉPARER DES FLEURS OU UN CADEAU...
DONC MLLE MIYABE, AUJOURD'HUI...
RENDEZ-VOUS SANS "REPAS".
PAR EXEMPLE, LE "REPAS" D'HIER N'ÉTAIT PAS PRÉVU...
IL FAUT QUE JE RÉORGANISE TOUT...
C'EST COMME ÇA...
J'ORGANISE LEURS RENDEZ-VOUS...
JE CHOISIS LES CADEAUX...
ET JE LES RACCOMPAGNE JUSQU'À LA PORTE LORSQU'ILS PARTENT ?
JE RESTE LÀ, À LE REGARDER PRENDRE D'AUTRES FEMMES DANS SES BRAS ?

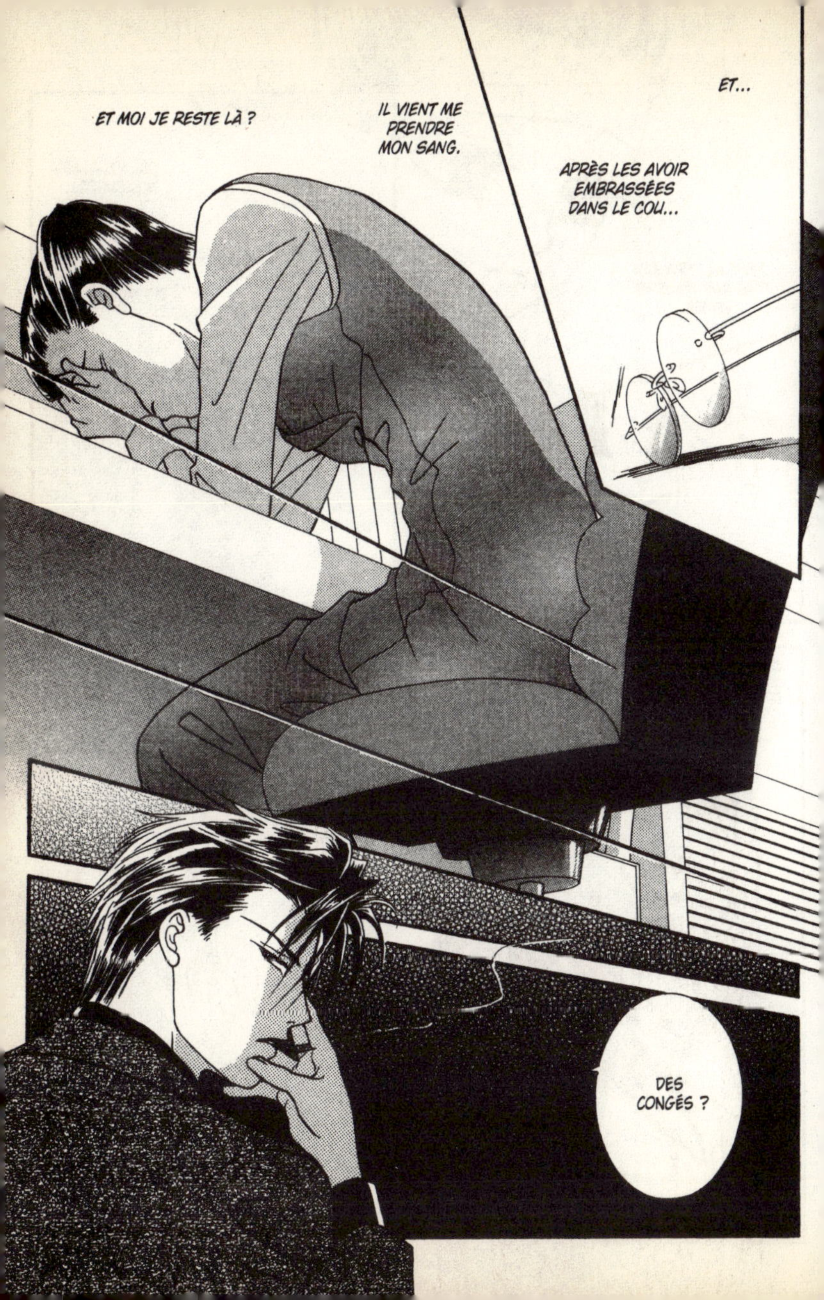

ET...
APRÈS LES AVOIR EMBRASSÉES DANS LE COU...
IL VIENT ME PRENDRE MON SANG.
ET MOI JE RESTE LÀ ?
DES CONGÉS ?

OUI, VEUILLEZ M'EXCUSER...
PENDANT MON ABSENCE, CE SERA LE SECRÉTARIAT QUI S'OCCUPERA DE VOUS, COMME AVANT.
EN RÉALITÉ...
C'EST LA DERNIÈRE FOIS QUE VOUS ME VOYEZ...
FUIP
C'EST À CAUSE D'HIER ?
DODOM
VOUS ÊTES PÂLE.

DODOM
DODOM
DODOM
DODOM
DODOM
DODOM

VUIP
ÇA NE ME DÉRANGE PAS QUE VOUS PRENIEZ DES CONGÉS...
CE N'EST PAS PARCE QUE VOUS N'ÊTES PAS LÀ QUE TOUT VA S'ARRÊTER.
NON.
JE VOULAIS QU'IL M'EMBRASSE...
QU'IL ME TOUCHE ENCORE...

JE NE PEUX PAS RESTER PRÈS DE LUI...
J'AI DÉJÀ RÉGLÉ TOUS VOS "REPAS"...
POUR DURANT MON ABSENCE.
LE PROCHAIN RENDEZ-VOUS SERA AVEC MLLE MINAGAWA...
AH, C'EST PLUS LA PEINE AVEC ELLE.
SON PÈRE A FAIT FAILLITE. JE N'Y AI PLUS D'INTÉRÊT.
SON SANG ÉTAIT ASSEZ BON...
ELLE ÉTAIT PLUTÔT JOLIE, INTELLIGENTE, MAIS...
RIEN DE PLUS.
S'IL N'Y TROUVE PLUS SON INTÉRÊT...
IL LES JETTE COMME ÇA...
RIEN DE PLUS...
UN POINT C'EST TOUT.
ALORS...

C'EST PROBA-BLEMENT PAREIL POUR MOI...
J'AI PRÉVENU LE SECRÉTARIAT DE VOUS LIBÉRER DU TEMPS POUR AFFAIRES PRIVÉES...
AU SUJET DES "REPAS"...
LES AUTRES DOSSIERS DONT VOUS AUREZ BESOIN...
CHLAC
J'ÉTAIS SA SECRÉTAIRE...
JE SAVAIS CE QU'IL ÉTAIT ET JE FAISAIS EN FONCTION DE CELA.
CECI EST UN DOCUMENT À LIRE AVANT LA RÉUNION DE DEMAIN.
MON SANG EST UN PEU SPÉCIAL...
"C'EST TOUT"...
JE VOUS LAISSE.
CLAC
OUI, FAITES DONC...

UNE HUMAINE...
C'EST JUSTE UNE FEMME PARMI TANT D'AUTRES...
BOM
RIEN DE PLUS...
JE COMPTE SUR VOUS.
NE VOUS INQUIÉTEZ PAS.

CLAC
CLAC
Wiiii
QU'EST-CE QUE ÇA VEUT DIRE !?!
PARDON ?
DE QUOI PARLES-TU ?
ELLE QUITTE MON SERVICE.
C'EST TOI QUI L'AS ORDONNÉ, C'EST ÇA ?
J'AI JUSTE FAIT MON TRAVAIL DE DIRECTEUR DU PERSONNEL.
VOUS POUVEZ PARTIR.
NON, CE N'EST PAS CE QUE TU AS FAIT.

TU ME L'AS ENLEVÉE.
CE N'EST PAS ÇA...
FRIIICH
ELLE EST À MOI !

ET JE NE VEUX QUE PERSONNE TOUCHE À CE QUI EST À MOI.
TU ME SURPRENDS, KYÔHEI...
TENIR AUTANT À ELLE...
CE N'EST PAS TON GENRE DE MONTRER AINSI TES SENTIMENTS...
COMME UN SIMPLE HUMAIN.
TU L'AIMES ?
PLUTÔT MOURIR.
PARCE QUE MOI, À TA PLACE...
JE SERAIS AMOUREUX.

SATOZUKA N'EST PAS LE GENRE DE FEMMES AVEC QUI TU SORS.
L'ALLURE...
LES INTÉRÊTS...
ET SON INTELLIGENCE.
C'EST PLUS CONFORTABLE D'AVOIR UNE FEMME INTELLIGENTE À SES CÔTÉS...
ÇA FACILITE LA VIE.
SATOZUKA EST UNE FEMME MERVEILLEUSE, MAIS...
CE N'EST PAS UNE FILLE POUR TOI.
ET MÊME SI ELLE ESSAIE DE FAIRE DES EFFORTS, CE N'EST PAS TON GENRE.
ELLE AURAIT ÉTÉ PARFAITE EN TANT QUE SECRÉTAIRE...
SI TU NE LUI AVAIS PAS PRIS SON SANG.

NOUS AVONS MAL JAUGÉ SON COURAGE...
TOI ET MOI.
SON COURAGE ?
OUI.
AFIN DE BIEN FAIRE SON TRAVAIL...
ET POUR TE SAUVER...
ELLE A SACRIFIÉ SON CORPS.
MÊME SI ELLE SAVAIT QUE TU TE SERVAIS D'ELLE...
TOI AUSSI, PAR SA DÉVOTION...
TU AS COMMENCÉ À T'ATTACHER À ELLE, N'EST-CE PAS ?
N'IMPORTE QUOI.
ALORS QUOI ?
ARRÊTE.
C'EST IMPOSSIBLE.

ELLE TRAVAILLAIT BIEN...
SON SANG ÉTAIT BON...
JE PENSE JUSTE QUE C'EST DOMMAGE QU'ELLE PARTE.
EN PLUS, CE N'EST PAS POUR ELLE QUE JE SUIS VENU ICI...
C'EST PARCE QUE JE N'AIME PAS TES MANIÈRES DE FAIRE.
ELLE M'A DEMANDÉ DE L'AIDE...
ELLE M'A CONFIÉ QU'ELLE SOUFFRAIT À TES CÔTÉS.

ELLE VA BIENTÔT SE VOIR ATTRIBUER UN NOUVEAU POSTE.
JE PENSE MÊME LUI FAIRE QUITTER LE SIÈGE...
PEU IMPORTE CE QU'IL Y A ENTRE VOUS...
TANT QUE TU SERAS ATTACHÉ AU CLAN VAMPIRE ...
ELLE NE FERA QUE SOUFFRIR.
KYÔHEI.
CE N'EST PAS PARCE QUE SON SANG EST SPÉCIAL QUE TU ES ATTACHÉ À ELLE.
MAIS C'EST PARCE QUE TU AS DES SENTIMENTS ...
QUE SON SANG A UN GOÛT SPÉCIAL, N'EST-CE PAS ?

TOTALEMENT ABSURDE...
VLAN
CLAC
CLAC
CLAC
CLAC

LE PRÉSIDENT DE LA SOCIÉTÉ NÔSUI VIENT DEMAIN...
LES DOCUMENTS SONT PRÊTS, PAS DE PROBLÈME.
......
SERA-T-IL AU BUREAU, DEMAIN ?
KAYA, TU AS ENCORE LE NEZ DANS TON AGENDA ?
FLIP
TU ES EN CONGÉ POUR TE REPOSER.
OUBLIE UN PEU LE TRAVAIL.
OUI...
JE SUIS BÊTE...

DRING
DRING
HEIN ?
DRING
DRING
DRING
MONSIEUR TOHMA
OUI.
C'EST MOI.
DESCENDEZ, JE SUIS EN BAS.
QUOI ? ALLO... ?
BIP
BIP
BIP
HABILLÉE COMME ÇA ?
EN SUEUR...
PAS MAQUILLÉE...
TAP
TAP
TAP
LE DIRECTEUR ADJOINT !
JE VAIS AU MAGASIN.
TOUT VA BIEN ?
OUI, J'AI JUSTE ENVIE DE PRENDRE L'AIR.
TIP
TIP
TIP
IL EST TARD, FAIS ATTENTION.

VOUS ALLEZ BIEN ?
AH... OUI, ÇA VA MIEUX...
IL Y A UN PROBLÈME AU BUREAU...
CRICH
NON, ON S'EST RÉORGANISÉ ET...
C'EST REPARTI COMME AU BON VIEUX TEMPS.
AH... JE VOIS...
ET DONC... ?

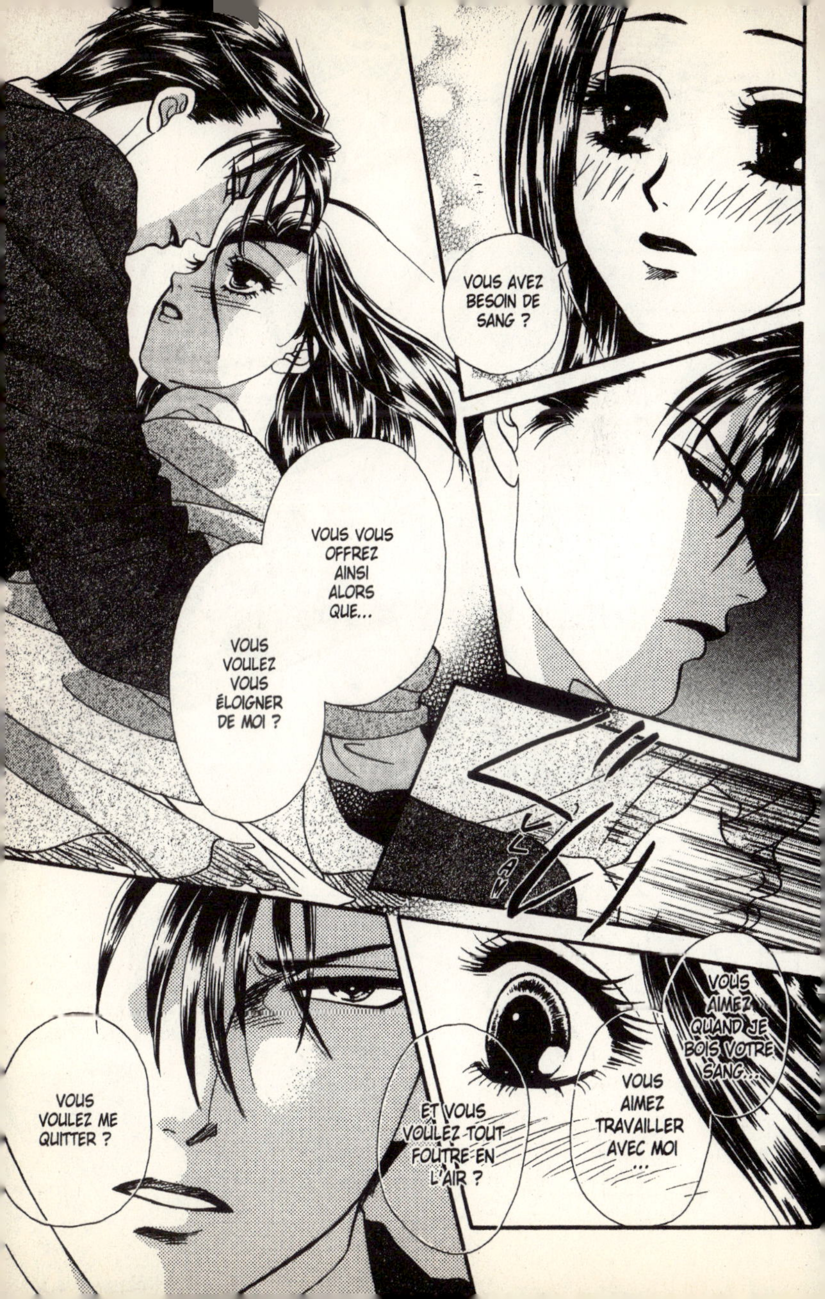
VOUS AVEZ BESOIN DE SANG ?
VOUS VOUS OFFREZ AINSI ALORS QUE...
VOUS VOULEZ VOUS ÉLOIGNER DE MOI ?
VLAM
VOUS AIMEZ QUAND JE BOIS VOTRE SANG...
VOUS AIMEZ TRAVAILLER AVEC MOI ...
ET VOUS VOULEZ TOUT FOUTRE EN L'AIR ?
VOUS VOULEZ ME QUITTER ?

FU...
BOM
NON...
NON...

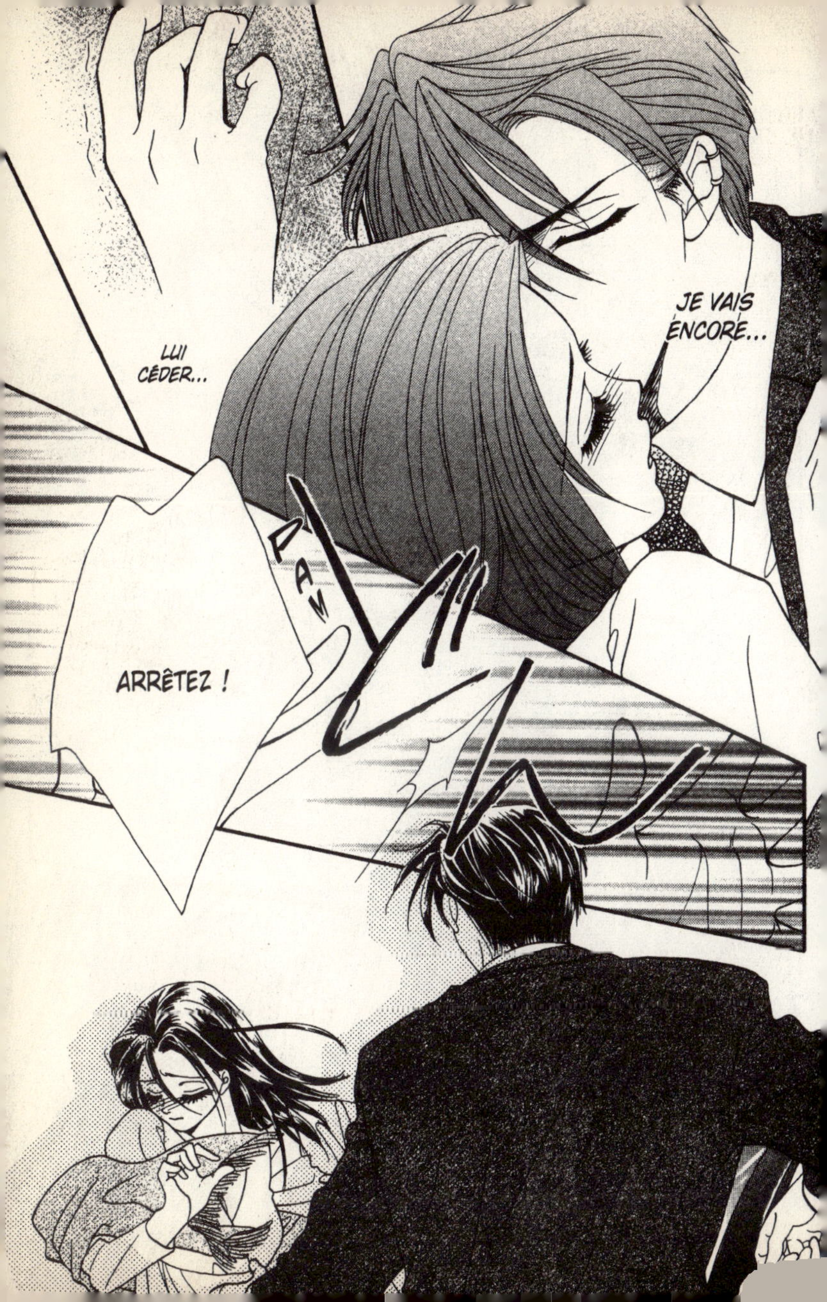
JE VAIS ENCORE...
LUI CÉDER...
PAM
ARRÊTEZ !

C'EST EXACTEMENT À CAUSE DE ÇA !
VOUS ME METTEZ DANS UNE SITUATION CONTRAIRE À MES SENTIMENTS !
C'EST FAUX.
MES SENTIMENTS SONT PLUS FORTS...
QUE MES PULSIONS...
JE NE PEUX PLUS VOUS DONNER MON SANG.

ÇA ME FAIT DE LA PEINE DE LAISSER LE TRAVAIL EN PLAN...
ET QUE VOUS MOURIEZ DE FAIM...
VOUS ÉTIEZ UNE EXCELLENTE SECRÉTAIRE.
PEUT-ÊTRE QUE VOTRE SANG EST SPÉCIAL...
MAIS...
NE SOYEZ PAS VANITEUSE !
VOUS CROYEZ QUE JE VOUS SUPPLIE DE RESTER ?
C'EST JUSTE UN PEU MOINS PRATIQUE SANS VOUS.
JE POURRAIS FACILEMENT VOUS REMPLACER.
SI VOUS NE POUVEZ PAS TRAVAILLER POUR MOI...
JE N'AI PLUS BESOIN DE VOUS.

CLAC
VROUUUUUM
JE SUIS SI BÊTE QUE ÇA...
VROUUUUUM
JE...
QUELQUE PART AU FOND DE MOI...
JE PENSAIS QU'IL AVAIT BESOIN DE MOI...
QUE J'ÉTAIS INDISPENSABLE...
DOM
MAIS IL M'A TOUT SIMPLEMENT JETÉE...

LE DIRECTEUR ADJOINT...
M'A JETÉE.
MOI...
Between You And Me * FIN *

- Between You And Me -

Kaya a mis une sonnerie spéciale sur son téléphone portable pour savoir que c'est le directeur adjoint qui l'appelle. Il semble qu'elle a voulu mettre une étrange sonnerie.

- Top Secret -

J'ai introduit ici un nouveau personnage, le président Takasu d'Eadé. Le nom du président Takasu n est pas facile à écrire, mais si j'écris takasu en hiragana, c'est difficile à lire. Je le regrette parfois quand je dois écrire le résumé de l'histoire.

▲ Scène pour l'annonce de neuvième nuit « Top Secret ».

Neuvième nuit

Top Secret

▲ Scène pour l'annonce
de dixième nuit « One Night With You »

- One Night With You -

Le grand lit de Kyôhei apparait dans l'histoire.
Quand je dors de temps en temps dans un grand lit,
je me sens très bien, mais si c'était tous les jours,
ça me stresserait sûrement... J'ai une vie étroite.

JE N'AI PAS BESOIN DE VOUS.
C'EST AINSI...
QUE J'AI PERDU MON POSTE DE SECRÉTAIRE DU DIRECTEUR ADJOINT...
CHLAC
CHLAC

HMM
ELLE VA BIEN, SATOZUKA ?
C'EST BIEN QU'ELLE SOIT REVENUE DE CONGÉ, MAIS...
FUIP
CHLAC
CHLAC
FUIP
CHLAC
CHLAC
CHLAC
CHLAC
ELLE A L'AIR UN PEU SPEED...
CHLAC
CHLAC
CHLAC
CHLAC
CHLAC
CHLAC
CHLAC
CHLAC
CHLAC
CHLAC
CHLAC
CHLAC
MLLE SATOZUKA.
LE DIRECTEUR GÉNÉRAL VOUS APPELLE.
TRANSFÉRÉE ?

CONNAISSEZ-VOUS LA SOCIÉTÉ ERDE ?
OUI.
UNE FILIALE DU GROUPE TOHMA QUI FAIT PRINCIPALEMENT DE L'IMPORTATION DE DÉCORATIONS...
JE VAIS LÀ-BAS ?
OUI. ET ILS ONT POUR PROJET DE CRÉER UNE SECTION SECRÉTARIAT.
NON, VOUS N'Y ÊTES PAS AFFECTÉE, MAIS...
J'AIMERAIS QUE VOUS LES AIDIEZ À MONTER LEUR SECTION.
COMME VOUS CONNAISSEZ BIEN LE TRAVAIL...
JE VOUDRAIS QUE VOUS LES CONSEILLIEZ SUR LE GENRE DE PERSONNES À EMPLOYER..
ET QUE VOUS LEUR EXPLIQUIEZ LE FONCTIONNEMENT D'UN SECRÉTARIAT.
VOUS ME DONNEZ UN RÔLE SI IMPORTANT ?
JE VOUS LE DEMANDE PARCE QUE VOUS ÊTES UNE EXCELLENTE SECRÉTAIRE.

DE PLUS...
NE VAUDRAIT-IL PAS MIEUX VOUS ÉLOIGNER D'ICI POUR UN MOMENT ?
APRÈS AVOIR APPRIS QUE KYÔHEI ÉTAIT UN VAMPIRE, VOUS ÊTES TOUT DE MÊME RESTÉE SA SECRÉTAIRE.
VOUS ÊTES ALLÉE JUSQU'À LUI DONNER VOTRE PROPRE SANG.
ET COMME VOUS PENSEZ ENCORE À LUI...
MÊME SI VOUS AVEZ QUITTÉ LE POSTE, NE SERAIT-CE PAS MIEUX DE VOUS ÉLOIGNER UN PEU DE CE BUREAU SI PROCHE DU SIEN ?
MONSIEUR...
ET PUIS JE VEUX QUE VOS COMPÉTENCES SOIENT MISES À BONNE CONTRIBUTION.
EN PLUS...
KYÔHEI EST AU COURANT ET SAIT QU'IL N'Y A QUE VOUS...
QUI PUISSIEZ LE FAIRE.

ERDE
JE N'AI PAS BESOIN D'UNE SECRÉTAIRE.

PRÉSIDENT TAKASU ! MAIS...
VOUS POUVEZ EN FAIRE CE QUE VOUS VOULEZ, MAIS...
JE N'AI PAS BESOIN D'ELLE.
JE PEUX ORGANISER LES CHOSES MOI-MÊME.
J'AI L'IMPRESSION QUE C'EST DU DÉJÀ-VU...
FAITES-LA SORTIR.
MONSIEUR LE DIRECTEUR ADJOINT...
EXCUSEZ-MOI, PRÉSIDENT TAKASU...

PLUTÔT QUE DE TOUT GÉRER SEUL, VOUS POURRIEZ LAISSER DES SECRÉTAIRES SE CHARGER DE NOMBREUSES TÂCHES.
NOUS POUVONS TOUT ORGANISER PLUS VITE ET EN PLUS GROSSE QUANTITÉ.
CELA VOUS PERMETTRAIT DE VOUS OCCUPER D'AUTRES AFFAIRES.
HI HI
VOUS ÊTES SÛREMENT INQUIET À L'IDÉE DE DÉLÉGUER, MAIS...
JE SUIS LÀ POUR VOUS ÉPAULER DANS CETTE TÂCHE.
TRÈS BIEN. ESSAYONS POUR VOIR.
C'EST ÇA MON TRAVAIL !

MÊME SI JE NE SUIS PLUS AVEC LE DIRECTEUR ADJOINT...
JE FAIS MON TRAVAIL À FOND.
EN PLUS...
TANT QUE JE SUIS OCCUPÉE...
JE NE PENSE PAS À LUI...
PRÉSIDENT...

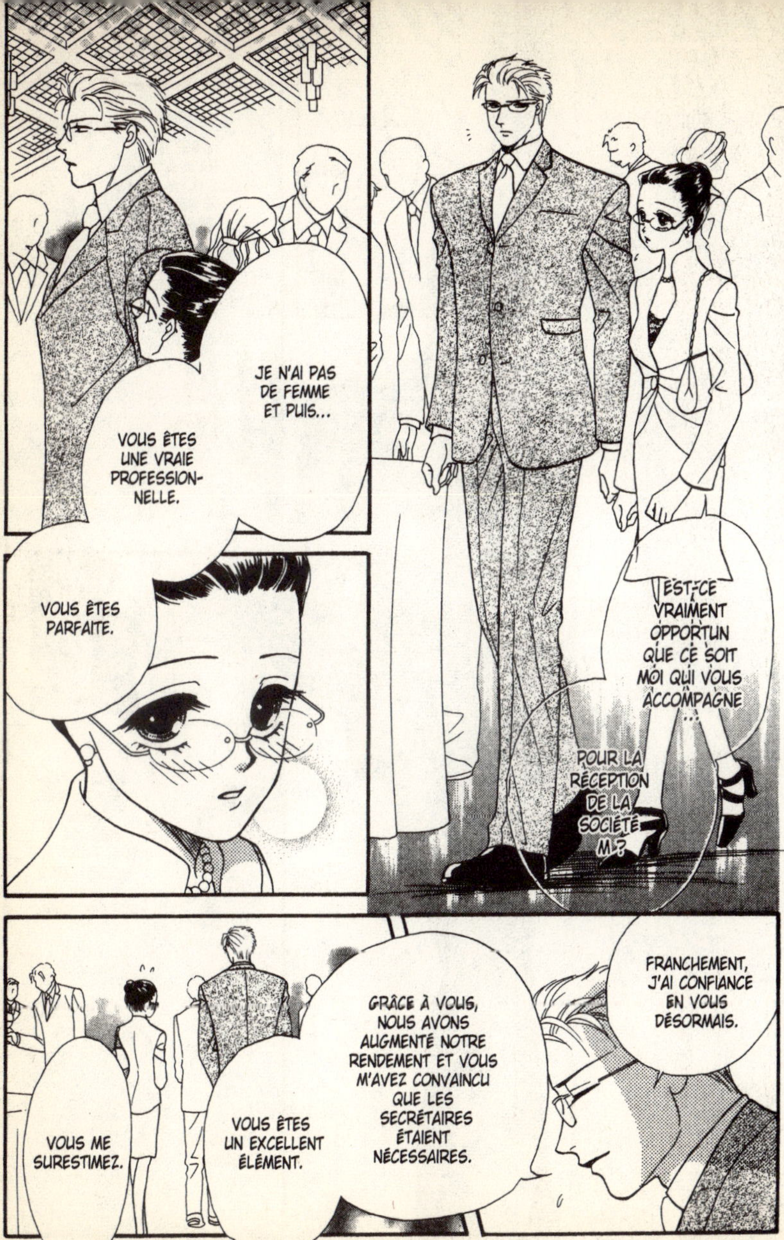
EST-CE VRAIMENT OPPORTUN QUE CE SOIT MOI QUI VOUS ACCOMPAGNE...
POUR LA RÉCEPTION DE LA SOCIÉTÉ M.?
JE N'AI PAS DE FEMME ET PUIS...
VOUS ÊTES UNE VRAIE PROFESSIONNELLE.
VOUS ÊTES PARFAITE.
FRANCHEMENT, J'AI CONFIANCE EN VOUS DÉSORMAIS.
GRÂCE À VOUS, NOUS AVONS AUGMENTÉ NOTRE RENDEMENT ET VOUS M'AVEZ CONVAINCU QUE LES SECRÉTAIRES ÉTAIENT NÉCESSAIRES.
VOUS ÊTES UN EXCELLENT ÉLÉMENT.
VOUS ME SURESTIMEZ.

VOYONS...
C'EST BIEN GRÂCE À VOUS QUE NOUS AVONS DE MEILLEURS RÉSULTATS, NON ?
SANS VOUS, JE N'AURAIS JAMAIS RÉALISÉ À QUEL POINT LES SECRÉTAIRES SONT NÉCESSAIRES.
PRÉSIDENT TAKASU...

LE DIRECTEUR ADJOINT TOHMA...
MONSIEUR LE DIRECTEUR ADJOINT !
MONSIEUR...
VOUS N'ÊTES PAS L'ANCIENNE SECRÉTAIRE DE KYÔHEI... ?

MAINTENANT QUE J'Y PENSE...
VOUS ÉTIEZ SA SECRÉTAIRE, AVANT.
EST-CE QUE TOUT SE PASSE BIEN ?
OUI...
PAS DE PROBLÈME.
"MÊME SI VOUS N'ÊTES PLUS LÀ..."
"IL N'Y A PAS DE PROBLÈME"

SUR CE, EXCUSEZ-MOI.
IL N'A PAS L'AIR COMMODE VOTRE ANCIEN CHEF.
JE N'AI PAS BESOIN DE VOUS.
LORSQUE J'AI ESSAYÉ DE PARTIR AU DÉBUT...
J'AVAIS L'IMPRESSION QU'IL AVAIT BESOIN DE MOI.
JE M'ÉTAIS SURESTIMÉE.
PARCE QUE...
CE N'ÉTAIT PAS LE CAS...
JE ME SENS STUPIDE...
D'AVOIR CRU QU'IL NE S'EN SORTIRAIT PAS SANS MOI.
MÊME SI J'ESSAIE DE L'OUBLIER...
JE PENSE TOUJOURS AUTANT À LUI...
DITES-MOI, KYÔHEI...

EST-CE PARCE QUE VOUS N'ÊTES PLUS SOUS SA SURVEILLANCE QUE VOUS VOYEZ AUTANT DE FEMMES EN CE MOMENT ?
ÇA N'A RIEN À VOIR. ET PUIS JE N'ÉTAIS PAS SOUS SA SURVEILLANCE.
SI VOUS ÊTES FÂCHÉ EN CE MOMENT, C'EST AUSSI À CAUSE D'ELLE ?
RIDICULE !
VOULEZ-VOUS QUELQUE CHOSE À BOIRE, PRÉSIDENT ROSSI ?
OUI, JE REPRENDRAI BIEN UN PEU DE VIN, MERCI.

MONSIEUR...
J'AIMERAIS ÉVITER DE CROISER SON REGARD, MAIS...

VOTRE CHEF EST NUL S'IL SE SERT DE VOUS POUR CE GENRE DE BROUTILLES.
JE SUIS LÀ EN TANT QUE SECRÉTAIRE.
JE FAIS JUSTE MON TRAVAIL.
DE PLUS...
にっこり
LORSQUE J'ÉTAIS À VOTRE SERVICE...
VOUS ME FAISIEZ FAIRE...
TOUTES SORTES DE CHOSES, ÉGALEMENT.
JE VOUS PRIE DE M'EXCUSER.
JE NE VOUS AI PAS TROP FAIT ATTENDRE, PRÉSIDENT ?
grazie
TENEZ, VOICI LE VÔTRE.
MERCI.

BOM
TAP
OH, EXCUSEZ-MOI...
D'AVOIR SALI SA VESTE.
ESPÈCE DE... !
SALAUD... !
IL FAUT NETTOYER ÇA. JE VOUS L'EMPRUNTE.
HEU... OUI...

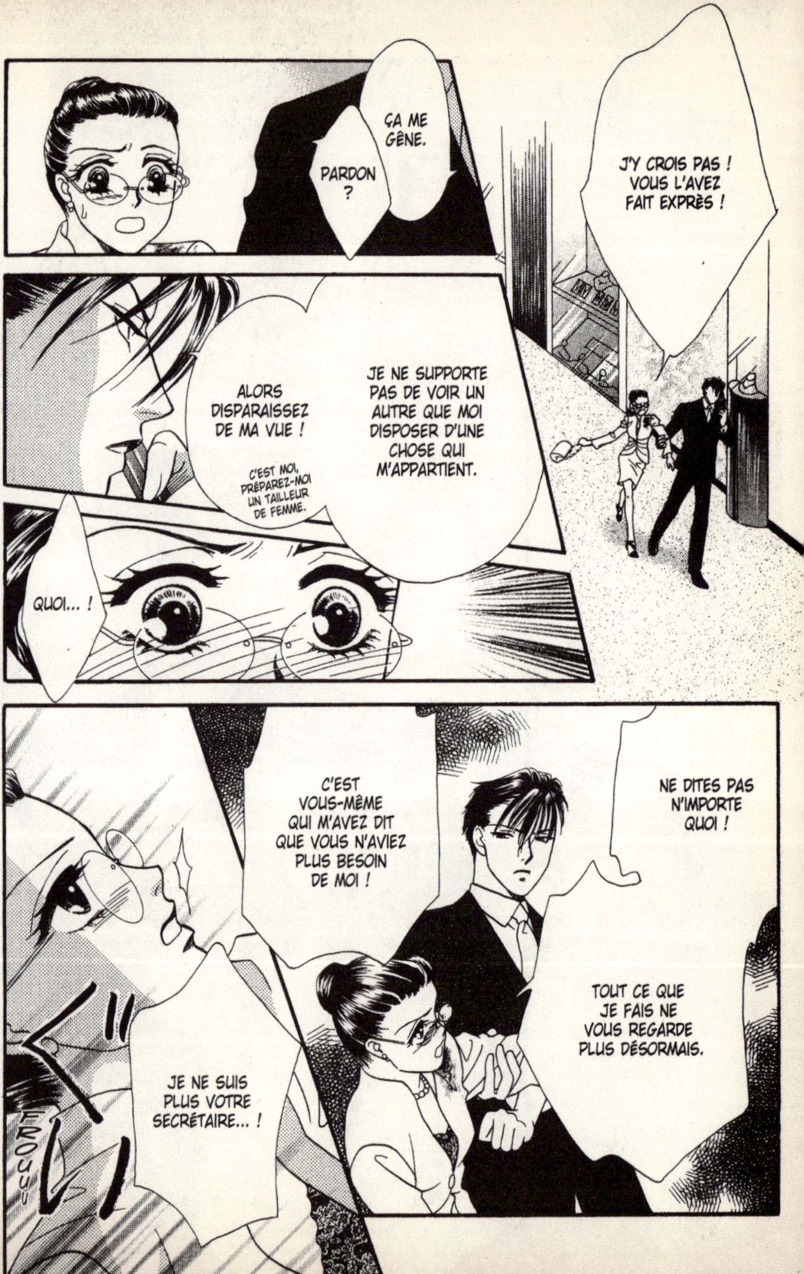
J'Y CROIS PAS ! VOUS L'AVEZ FAIT EXPRÈS !
ÇA ME GÊNE.
PARDON ?
JE NE SUPPORTE PAS DE VOIR UN AUTRE QUE MOI DISPOSER D'UNE CHOSE QUI M'APPARTIENT.
ALORS DISPARAISSEZ DE MA VUE !
C'EST MOI, PRÉPAREZ-MOI UN TAILLEUR DE FEMME.
QUOI... !
NE DITES PAS N'IMPORTE QUOI !
C'EST VOUS-MÊME QUI M'AVEZ DIT QUE VOUS N'AVIEZ PLUS BESOIN DE MOI !
TOUT CE QUE JE FAIS NE VOUS REGARDE PLUS DÉSORMAIS.
JE NE SUIS PLUS VOTRE SECRÉTAIRE... !
FROUUU

MÊME SI VOUS ÊTES PARTIE...
VOUS ÊTES TOUJOURS À MOI !
QUEL... ÉGOÏSME...
JE M'EN FOUS.
SUIS-JE...
EN COLÈRE ?
OU BIEN...
...!

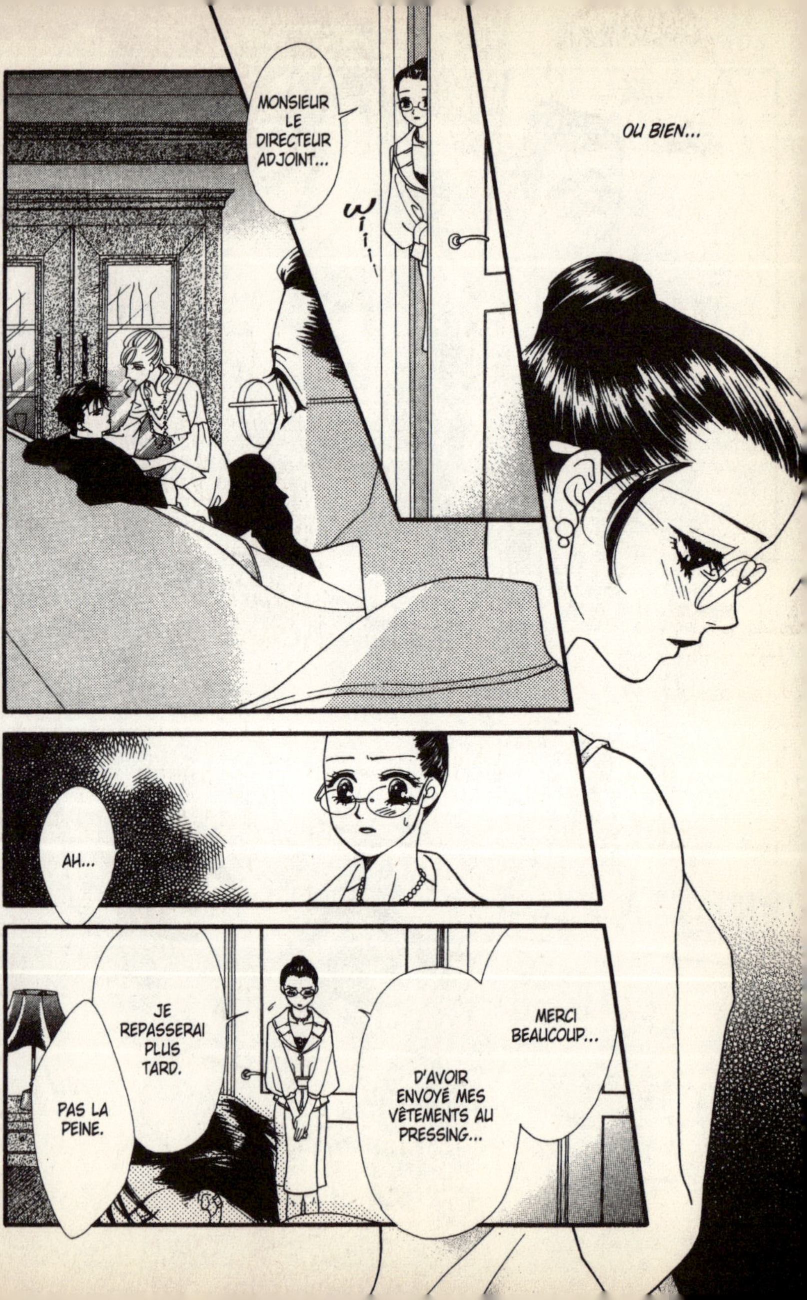
OU BIEN...
MONSIEUR LE DIRECTEUR ADJOINT...
AH...
MERCI BEAUCOUP...
D'AVOIR ENVOYÉ MES VÊTEMENTS AU PRESSING...
JE REPASSERAI PLUS TARD.
PAS LA PEINE.

JE VOUS AI DÉJÀ DIT QUE VOUS GÊNIEZ.
JE NE VEUX PLUS JAMAIS VOUS VOIR.
DANS CE CAS... JE VOUS LAISSE...
CLAC
TAP TAP TAP TAP
CONTRE QUI ÊTES-VOUS AUTANT EN COLÈRE ?

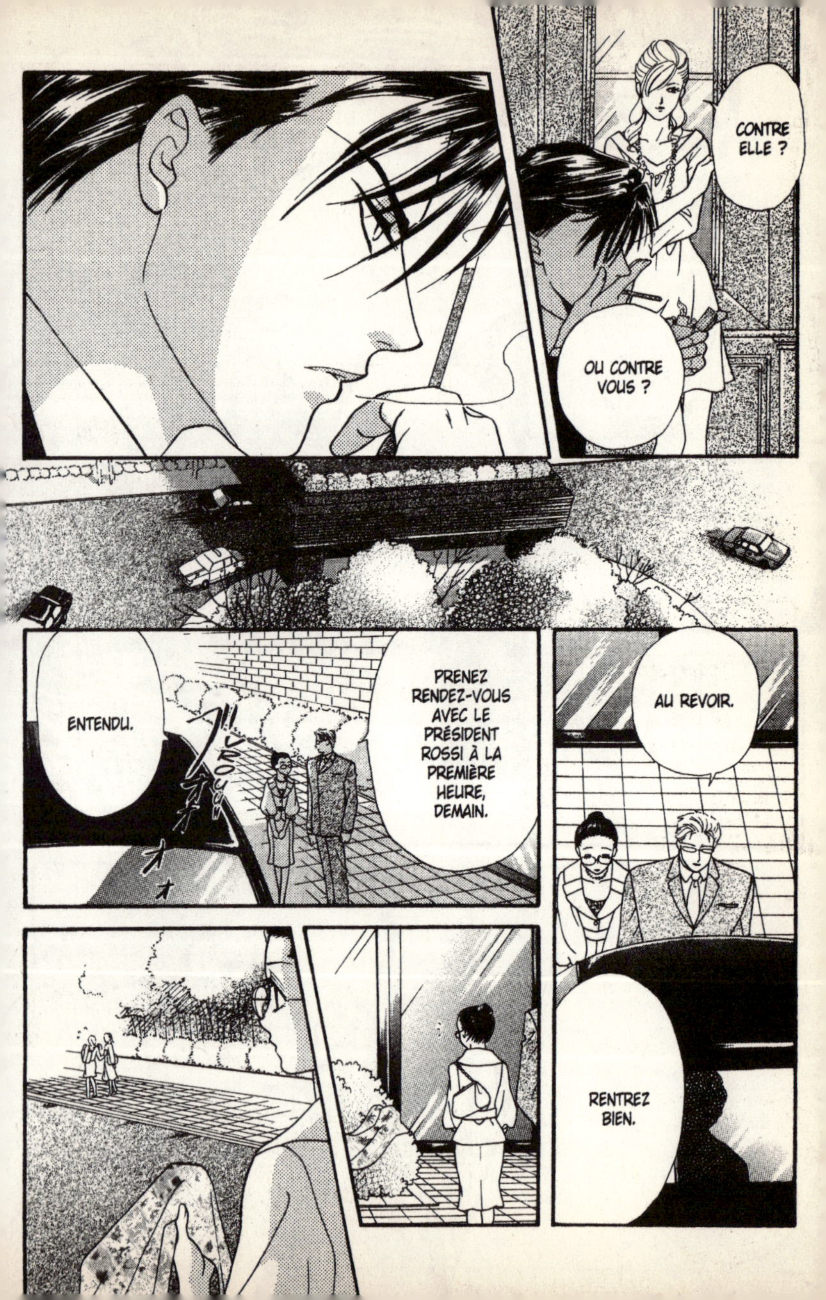
CONTRE ELLE ?
OU CONTRE VOUS ?
AU REVOIR.
PRENEZ RENDEZ-VOUS AVEC LE PRÉSIDENT ROSSI À LA PREMIÈRE HEURE, DEMAIN.
ENTENDU.
VROUUUM
RENTREZ BIEN.

ELLE A DÛ LE FAIRE TOMBER...
JE VAIS LE LUI RENDRE.
HMM
BZIIIIP
MERCI.
AH...
SHRIII
BAM BAM
CLOP

OH, EXCUSEZ-MOI, ÇA VA ?
AH... OUI.
VROUUUUUM
SATO-ZUKA...
ESPÈCE D'IDIOTE !
BIP
BIP

VLAAAM

PAM
MERDE... !
HA
FOP
POURQUOI J'AI FAIT ÇA... !
JE VOUS AVAIS DIT QUE JE NE VOULAIS PLUS VOUS VOIR !
MONSIEUR ...
QUAND VOUS ÊTES LÀ...
MOI...
GNNN
MONSIEUR LE DIRECTEUR ADJOINT !?!

IL CRAINT LE SOLEIL !
NON... !
KYÔHEI !
SATOZUKA !
KYÔHEI !
MATSU-SHITA !
SATOZUKA ! JE M'OCCUPE DE LUI !
MON-SIEUR... !
MON-SIEUR !
ÇA VA ?
IL A BESOIN DE SANG... !
MATSUSHITA, JE...

ZAAAM
DÉGAGEZ !
VOUS N'ÊTES PLUS MA SECRÉTAIRE.
KYÔHEI !
JE NE POURRAI PLUS...
LUI DONNER MON SANG.
SATOZUKA...
JE NE PEUX MÊME PLUS L'AIDER DANS CES MOMENTS-LÀ.

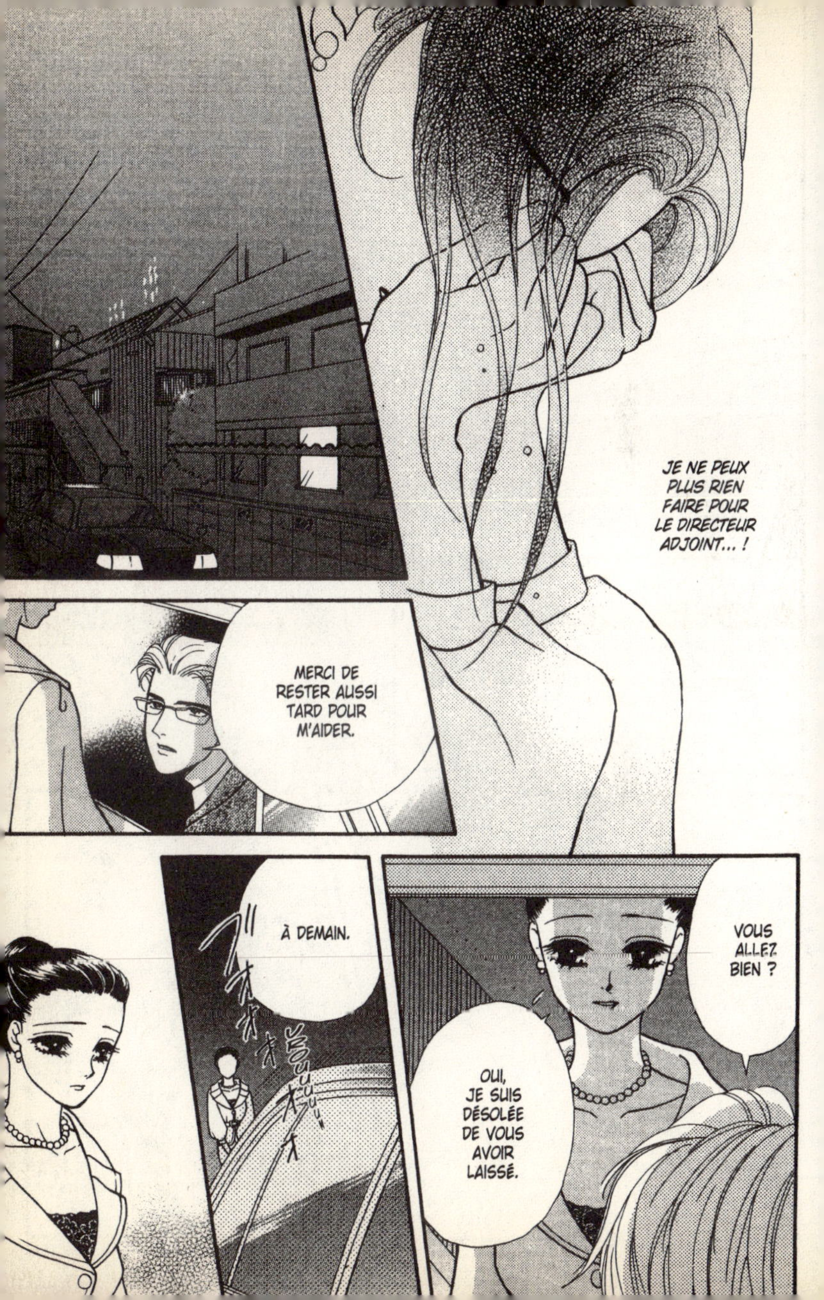
JE NE PEUX PLUS RIEN FAIRE POUR LE DIRECTEUR ADJOINT... !
MERCI DE RESTER AUSSI TARD POUR M'AIDER.
VOUS ALLEZ BIEN ?
OUI, JE SUIS DÉSOLÉE DE VOUS AVOIR LAISSÉ.
À DEMAIN.

SATOZUKA.
MATSUSHITA !
POURQUOI ÊTES-VOUS ICI ? MONSIEUR ?
CE N'EST RIEN DE GRAVE. EN SOIRÉE, LES RAYONS DU SOLEIL LE FONT MOINS SOUFFRIR.
MAIS IL EST TRÈS FAIBLE. IL VA METTRE DU TEMPS À SE RÉTABLIR.
IL MANQUE DE SANG ?
SA SANTÉ EST MOINS BONNE CES DERNIERS TEMPS.
DEPUIS QUE VOUS L'AVEZ QUITTÉ, LE DIRECTEUR ADJOINT PREND MOINS DE "REPAS".

IL SORT SANS CESSE AVEC PLEIN DE FEMMES, MAIS NE SE NOURRIT PAS...
IL LES LAISSE PARTIR COMME ÇA.
SANS VOTRE SANG, IL NE SERA JAMAIS RASSASIÉ.
JE PENSE QU'IL EN SOUFFRE BEAUCOUP.
KYÔHEI A BESOIN DE VOTRE SANG.
VEUILLEZ ME SUIVRE...
AUPRÈS DE LUI.
LE DIRECTEUR ADJOINT...
A BESOIN DE MON SANG...
UNIQUEMENT MON SANG... EST-CE POSSIBLE... ?

QUE FAIRE ? ÇA ME RÉJOUIT...
MAIS ÇA ME FAIT PEUR...
SI J'Y VAIS...
JE NE SERAI PLUS CAPABLE DE REPARTIR...
ET SI...
ET S'IL ME REJETAIT À NOUVEAU...
SATOZU-KA...
HA...
TENEZ.

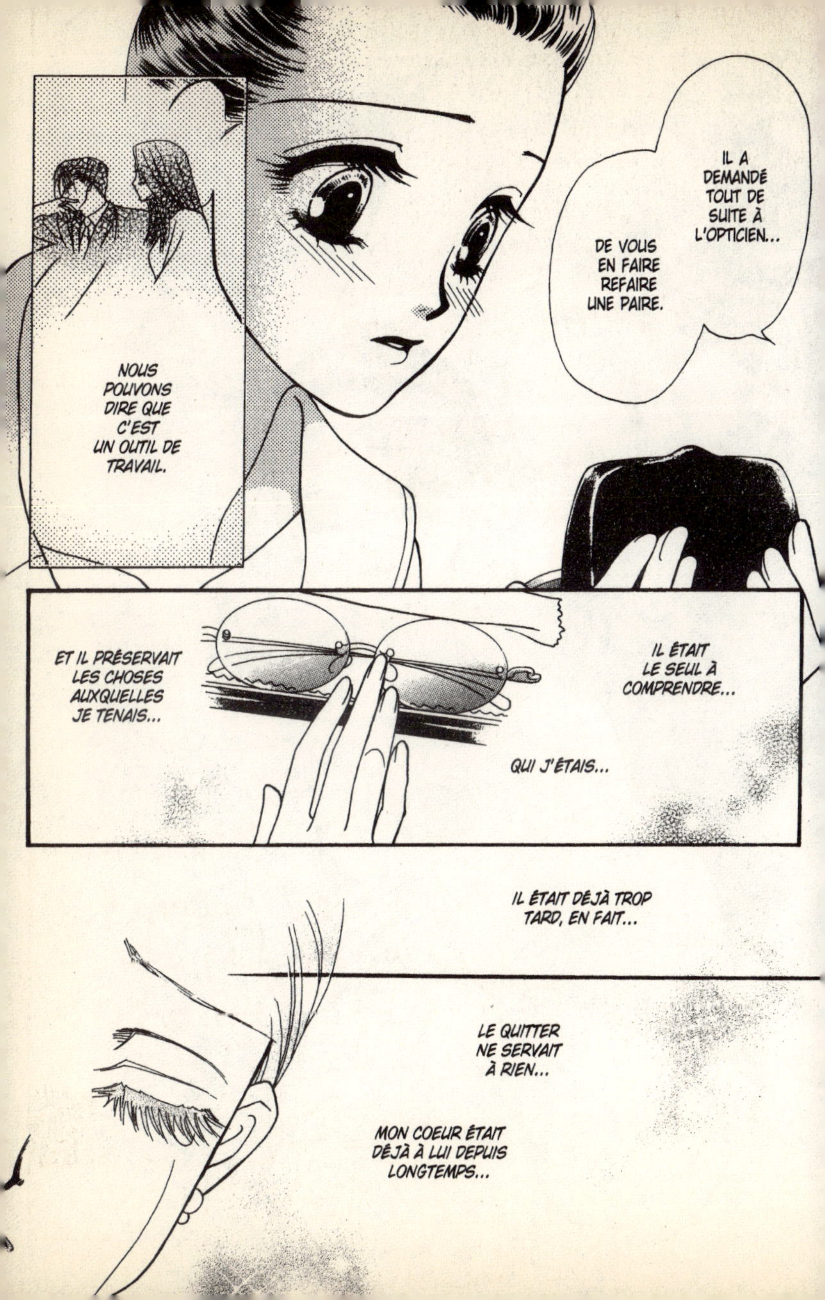
IL A DEMANDÉ TOUT DE SUITE À L'OPTICIEN...
DE VOUS EN FAIRE REFAIRE UNE PAIRE.
NOUS POUVONS DIRE QUE C'EST UN OUTIL DE TRAVAIL.
IL ÉTAIT LE SEUL À COMPRENDRE...
QUI J'ÉTAIS...
ET IL PRÉSERVAIT LES CHOSES AUXQUELLES JE TENAIS...
IL ÉTAIT DÉJÀ TROP TARD, EN FAIT...
LE QUITTER NE SERVAIT À RIEN...
MON COEUR ÉTAIT DÉJÀ À LUI DEPUIS LONGTEMPS...

HMM
EMMENEZ-MOI...
AUPRÈS DE LUI !
Top Secret * FIN *

Dixième nuit
One Night With You

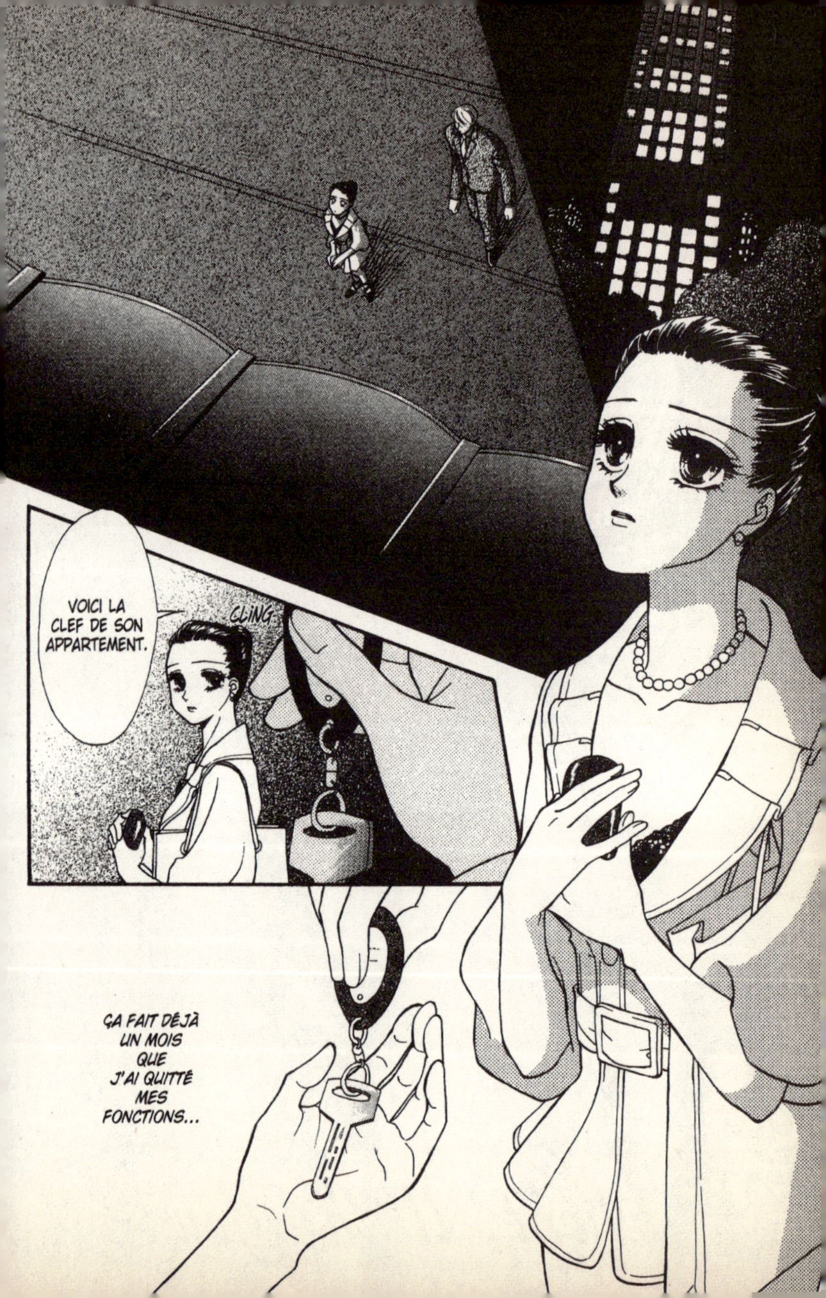
VOICI LA CLEF DE SON APPARTEMENT.
CLING
ÇA FAIT DÉJÀ UN MOIS QUE J'AI QUITTÉ MES FONCTIONS...

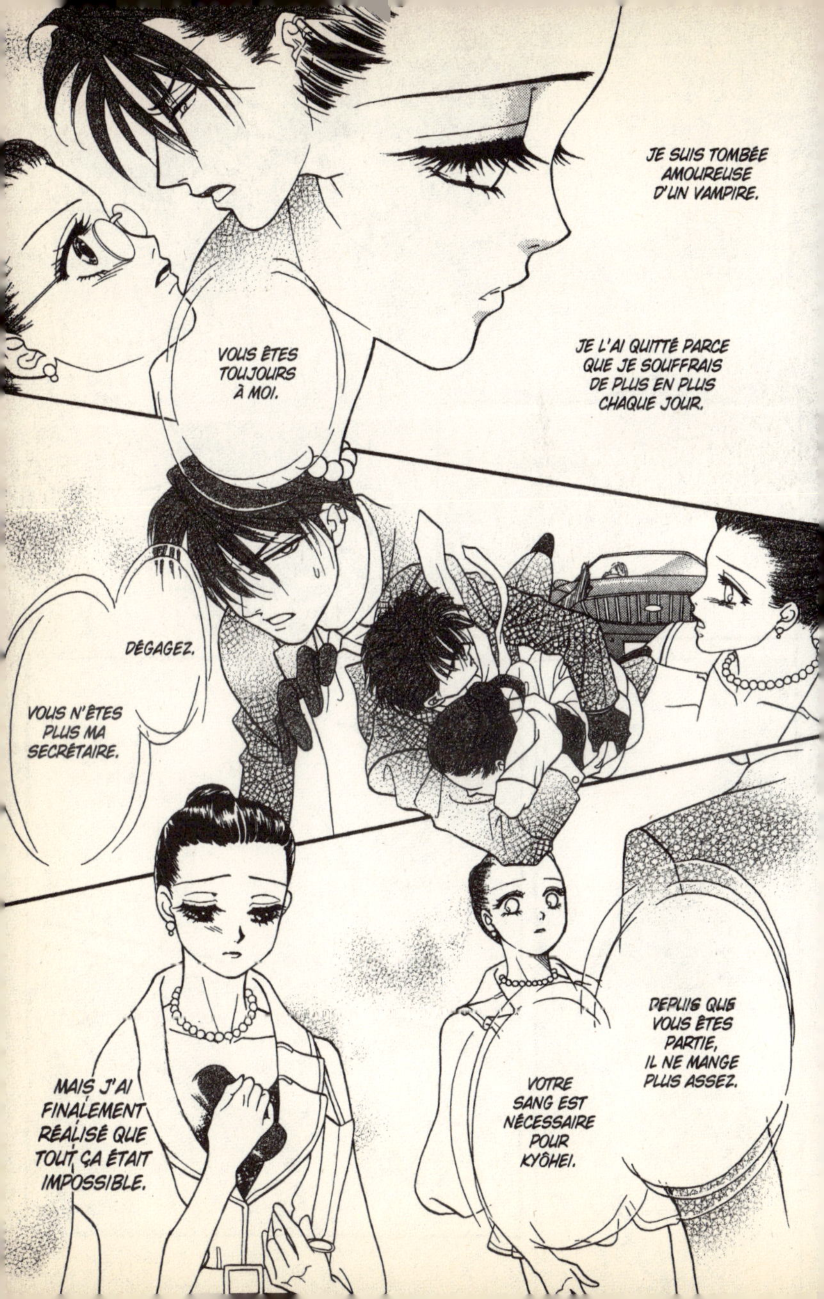
JE SUIS TOMBÉE AMOUREUSE D'UN VAMPIRE.
VOUS ÊTES TOUJOURS À MOI.
JE L'AI QUITTÉ PARCE QUE JE SOUFFRAIS DE PLUS EN PLUS CHAQUE JOUR.
DÉGAGEZ.
VOUS N'ÊTES PLUS MA SECRÉTAIRE.
DEPUIS QUE VOUS ÊTES PARTIE, IL NE MANGE PLUS ASSEZ.
VOTRE SANG EST NÉCESSAIRE POUR KYÔHEI.
MAIS J'AI FINALEMENT RÉALISÉ QUE TOUT ÇA ÉTAIT IMPOSSIBLE.

CLIP
ALORS...
J'AI DÉCIDÉ DE RETOURNER VERS LUI, MAIS...
MÊME SI J'ESSAIE...
JE N'ARRIVE PAS À L'OUBLIER.
VOUS HÉSITEZ, SATOZUKA ?
IL A DIT QU'IL N'AVAIT PLUS BESOIN DE MOI.
MÊME S'IL A BESOIN DE MON SANG...
JE ME DEMANDE S'IL ME RECEVRA...
KYÔHEI EST UN VAMPIRE TRÈS FIER...
JE SUPPOSE QU'IL NE VEUT PAS ADMETTRE QU'IL A BESOIN DE VOUS.

MAIS...
IL EST DE PLUS EN PLUS AFFAMÉ.
IL NE PEUT PLUS BOIRE LE SANG DES AUTRES FEMMES.
ET MÊME AFFAIBLI PAR LA FAIM...
IL S'EST JETÉ SOUS LE SOLEIL POUR VOUS SAUVER.
N'EST-CE PAS ÇA, SON VRAI VISAGE ?

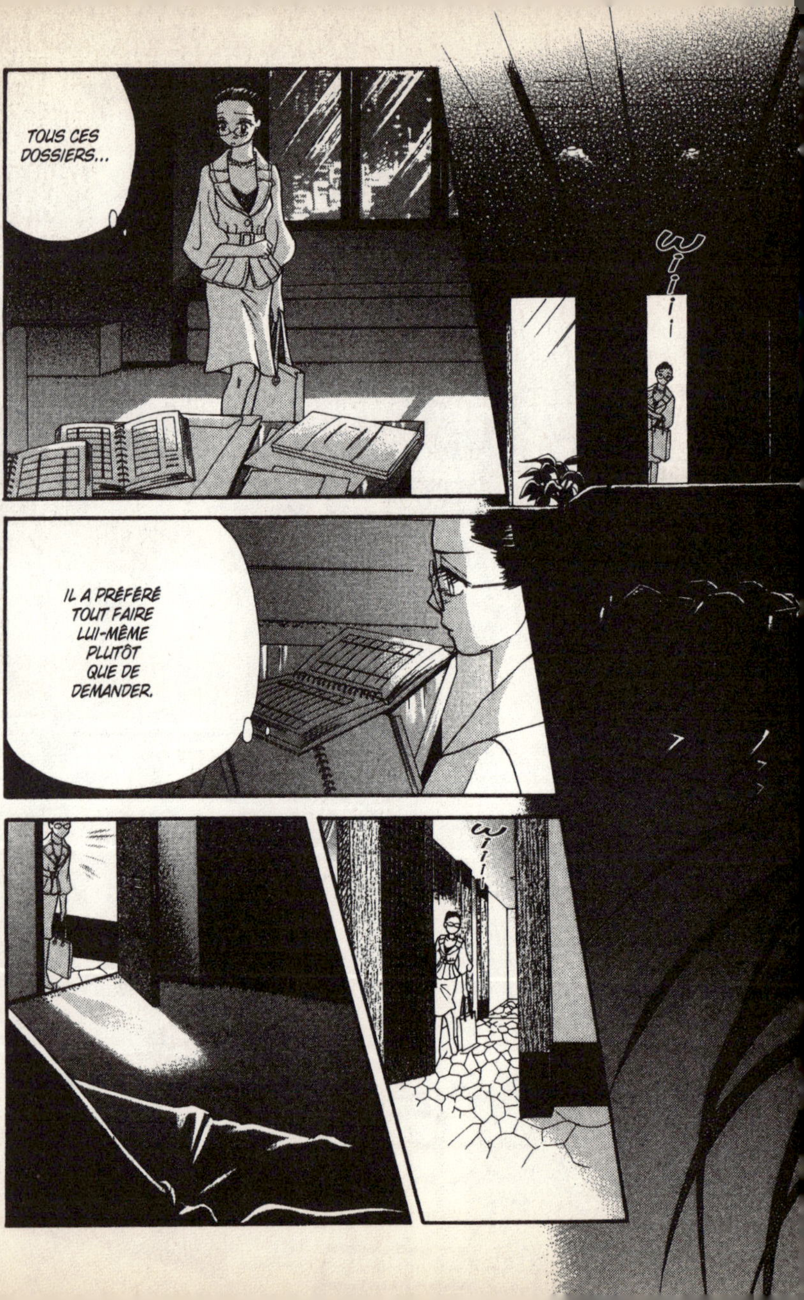
TOUS CES DOSSIERS...
IL A PRÉFÉRÉ TOUT FAIRE LUI-MÊME PLUTÔT QUE DE DEMANDER.

MONSIEUR
LE DIRECTEUR
ADJOINT...
IL EST SI
PÂLE...

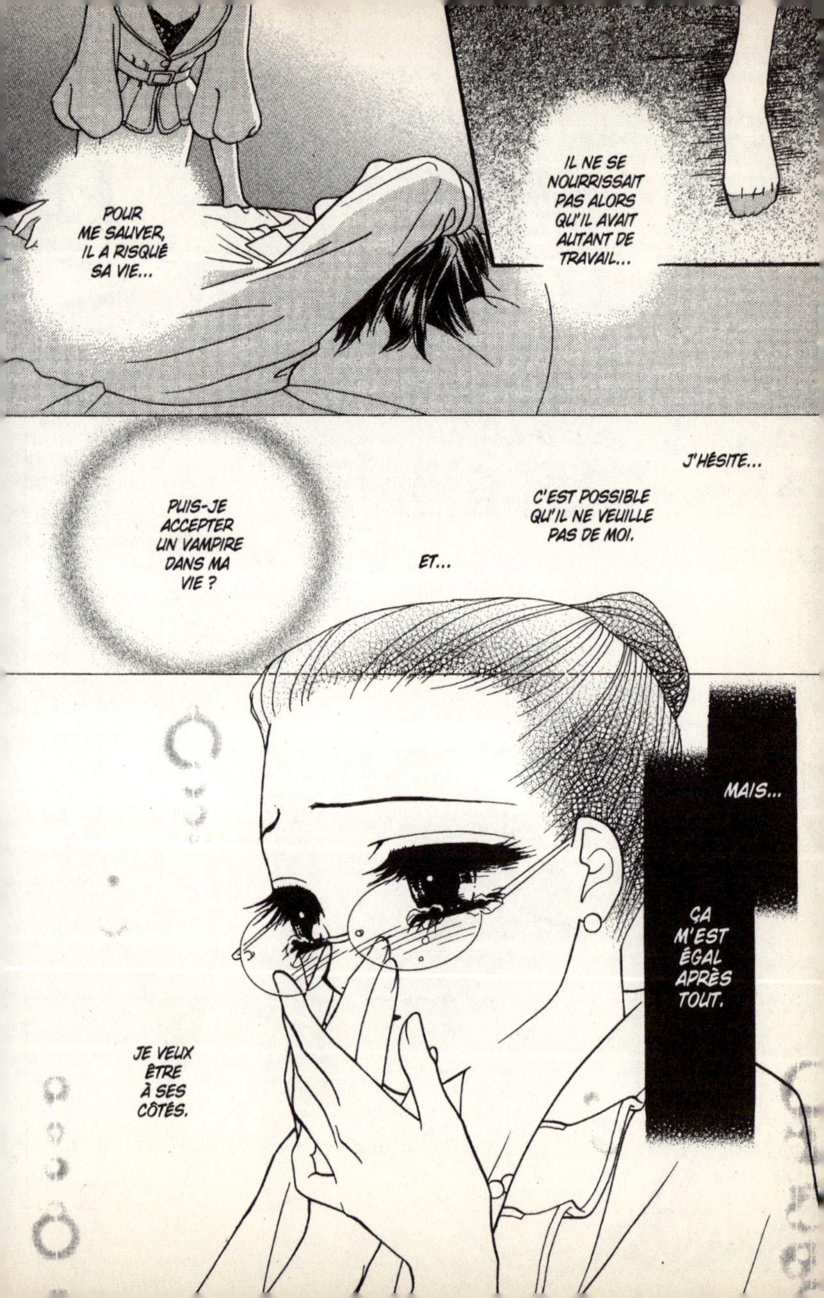
IL NE SE NOURRISSAIT PAS ALORS QU'IL AVAIT AUTANT DE TRAVAIL...
POUR ME SAUVER, IL A RISQUÉ SA VIE...
J'HÉSITE...
C'EST POSSIBLE QU'IL NE VEUILLE PAS DE MOI.
ET...
PUIS-JE ACCEPTER UN VAMPIRE DANS MA VIE ?
MAIS...
ÇA M'EST ÉGAL APRÈS TOUT.
JE VEUX ÊTRE À SES CÔTÉS.

MÊME S'IL VOIT D'AUTRES FEMMES...
MÊME S'IL N'AVOUE PAS SES SENTIMENTS...
MALGRÉ TOUTES CES SOUFFRANCES...
JE NE SUPPORTE PAS DE LE VOIR DANS CET ÉTAT.
JE NE VEUX PLUS ME SENTIR INUTILE.
JE VEUX ÊTRE AUPRÈS DE LUI...
QU'EST-CE QUE VOUS FAITES ICI ?
HA

MONSIEUR...
FUIP
JE SUIS VENUE PARCE QUE J'AI ENTENDU DIRE QUE VOUS MANQUIEZ DE SANG...
MATSUSHITA... NON...
RENTREZ CHEZ VOUS.
ÇA NE VOUS REGARDE PAS.
AU CONTRAIRE, JE PENSE QUE ÇA ME REGARDE.
PARCE QUE C'EST DE MON SANG DONT VOUS AVEZ BESOIN.
NE VOUS SURESTIMEZ PAS.
C'EST LA VÉRITÉ.
VOUS ÊTES AFFAIBLI.

JE RETIRE CE QUE J'AI DIT L'AUTRE JOUR QUAND J'AI DIT QUE JE NE VOULAIS PLUS VOUS DONNER MON SANG...
PARDONNEZ-MOI, C'ÉTAIT STUPIDE.
C'EST POURQUOI...
VOUS VOUS SENTEZ OBLIGÉE ? OU RESPONSABLE ?
VOUS N'ÊTES PLUS MA SECRÉTAIRE...
ALORS MÊLEZ-VOUS DE CE QUI VOUS REGARDE.
VOUS N'ÊTES PLUS MA SECRÉTAIRE.
JE SUIS DEVENUE INUTILE POUR LUI... !

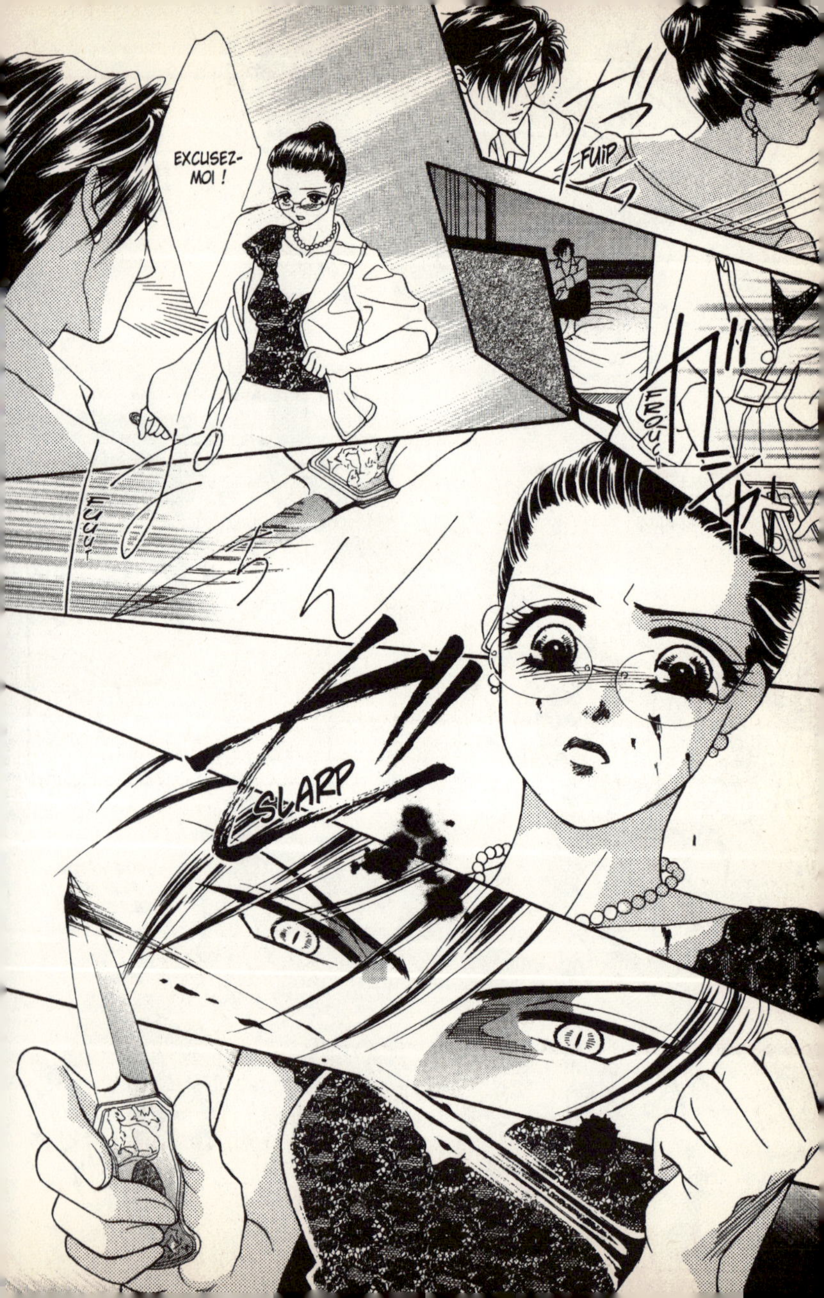

FUIP
EXCUSEZ-MOI !
FROUC
FUUUT
SLARP

PLIC ぽた PLOC
ぽた PLOC
ぽた PLIC
SI VOUS NE BUVEZ PAS...
LE SANG VA CONTINUER À COULER.

ET SI JE VOUS DEMANDAIS DE MOURIR, LE FERIEZ-VOUS ?
ET MERDE !

AH... MAIS...
UH...
IDIOTE...
VOUS DEVEZ SOUFFRIR AVEC UNE BLESSURE AUSSI PROFONDE.
SLURP

HAA
MAINTENANT, VOUS POUVEZ ALLER VOIR D'AUTRES FEMMES.
QUELLE FEMME VOUS ÊTES...
VRAIMENT, VOUS ÊTES ÉNERVANTE...
COMMENT PUIS-JE ÊTRE AUTANT ACCRO...
À UNE SIMPLE HUMAINE ?

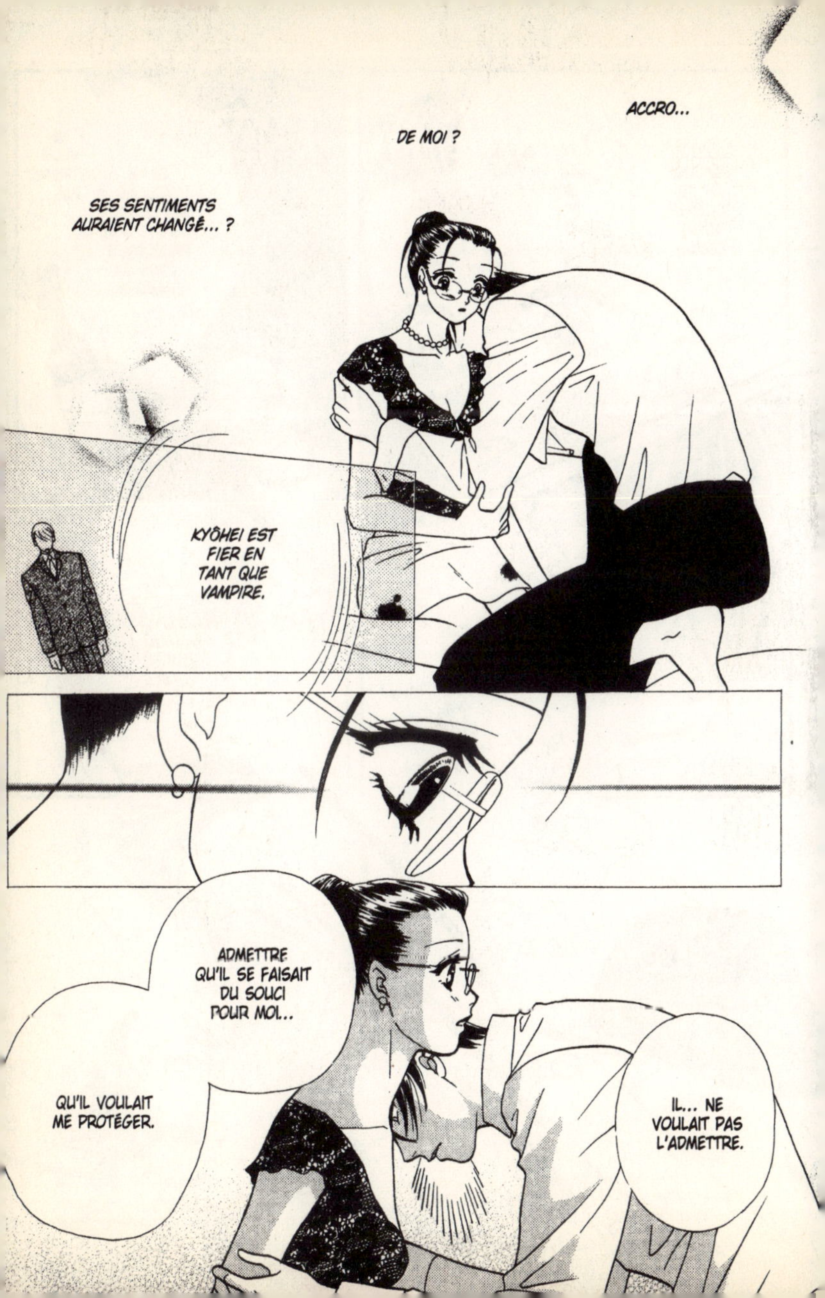
ACCRO...
DE MOI ?
SES SENTIMENTS AURAIENT CHANGÉ... ?
KYÔHEI EST FIER EN TANT QUE VAMPIRE.
IL... NE VOULAIT PAS L'ADMETTRE.
ADMETTRE QU'IL SE FAISAIT DU SOUCI POUR MOI...
QU'IL VOULAIT ME PROTÉGER.

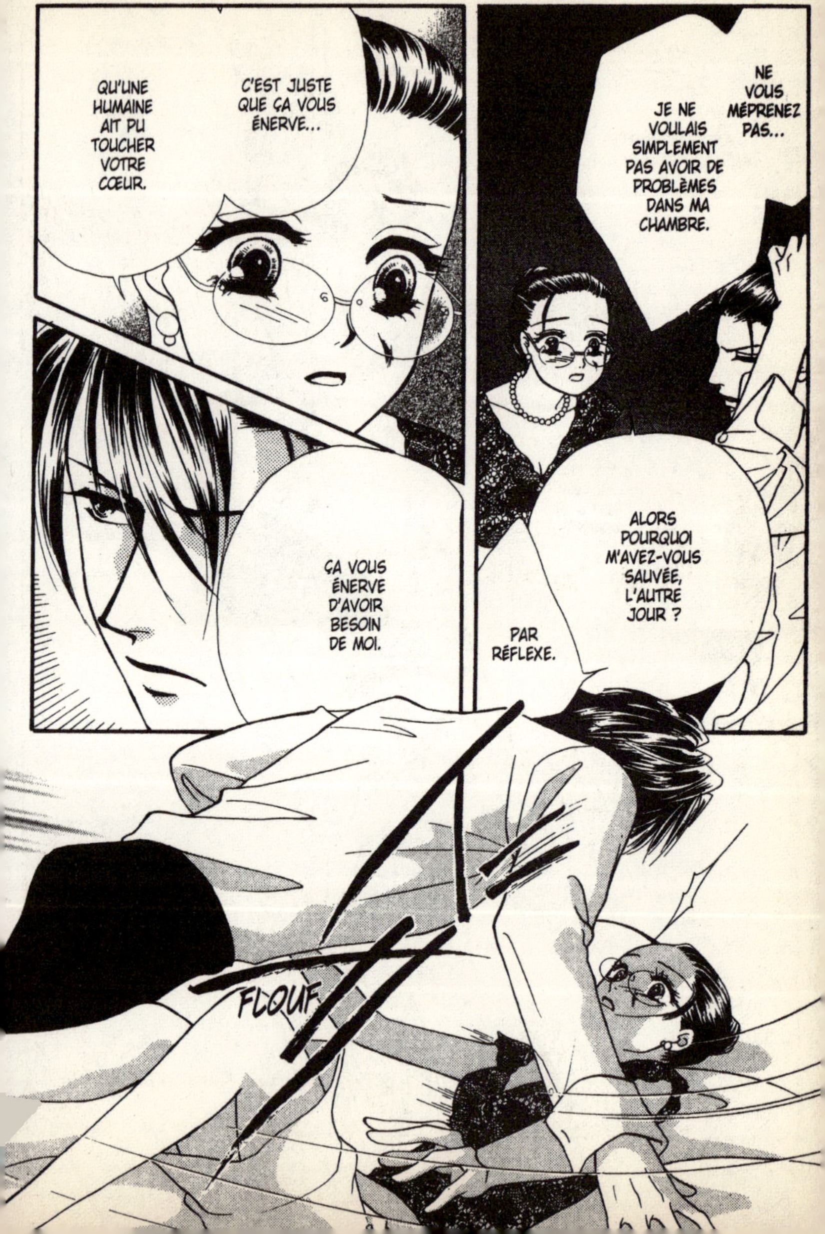
C'EST JUSTE QUE ÇA VOUS ÉNERVE...
QU'UNE HUMAINE AIT PU TOUCHER VOTRE CŒUR.
NE VOUS MÉPRENEZ PAS...
JE NE VOULAIS SIMPLEMENT PAS AVOIR DE PROBLÈMES DANS MA CHAMBRE.
ALORS POURQUOI M'AVEZ-VOUS SAUVÉE, L'AUTRE JOUR ?
PAR RÉFLEXE.
ÇA VOUS ÉNERVE D'AVOIR BESOIN DE MOI.
FLOUF

POUR-
QUOI...
IL N'OUVRE JAMAIS SON CŒUR AUX HUMAINS.
MAIS...
C'EST EXACTE, VOUS N'ÊTES QU'UNE HUMAINE.
C'EST PARCE QUE VOUS ME FAITES CONFIANCE.
EN TANT QUE SECRÉTAIRE...
ET AUSSI EN TANT QUE PERSONNE CAPABLE DE PROTÉGER VOTRE SECRET.
VOUS M'AVEZ FAIT CONFIANCE DEPUIS LE DÉPART.
ALORS POURQUOI... ?

JE NE SUIS QU'UNE HUMAINE POUR VOUS...
UN INSTRUMENT, UN "REPAS" SPÉCIAL...
MAIS COMPRENEZ-VOUS QUE CET INSTRUMENT EN QUI VOUS POUVEZ AVOIR CONFIANCE...
A SU LIRE DANS VOTRE CŒUR ?
VOUS AVEZ BESOIN DE MOI.
POUR VOUS ÉPAULER DANS VOTRE TRAVAIL...
POUR ORGANISER VOS "REPAS".

UNE SECRÉTAIRE CAPABLE DE DONNER SON SANG POUR ÉTANCHER VOTRE SOIF.
VOUS DÎTES ÇA ALORS QUE VOUS M'AVEZ FUI.
VOUS M'AVEZ POURTANT DIT QUE MES FAÇONS DE FAIRE VOUS FAISAIENT SOUFFRIR ?
PLUS MAINTENANT.
MAINTE-NANT...
JE VEUX VOUS DONNER LE MEILLEUR SANG POSSIBLE.
ÊTES-VOUS CONSCIENTE...
DE CE QUE CELA IMPLIQUE... ?

VOUS ÊTES VRAIMENT AGAÇANTE.
OUI...
VOUS NE POURREZ PLUS REVENIR EN ARRIÈRE.
C'EST CE QUE JE VEUX.

J'AI DÉCIDÉ DE DEVENIR LA SECRÉTAIRE D'UN VAMPIRE...
VOUS ÊTES VRAIMENT TRÈS SENSIBLE...
TOUT VOTRE CORPS EMBAUME DÉLICIEUSEMENT LE SANG.
AH... NON...

DÈS QU'IL ME TOUCHE...
AVEC SES MAINS ET SES LÈVRES ...
MON CORPS S'ENFLAMME.
JE ME SENS SI BIEN.
TOUT MON CORPS S'ENFLAMME.
HA... ! AH...
AH... NON... !

JE VOUS AI DIT QUE VOUS NE POURREZ PLUS REVENIR EN ARRIÈRE.
JE NE LE SOUHAITE PAS...
MAIS... !
J'AI PEUR...
JE SENS QUE JE VAIS ME CONSUMER...
JE VAIS FINIR PAR...
C'EST BIEN.

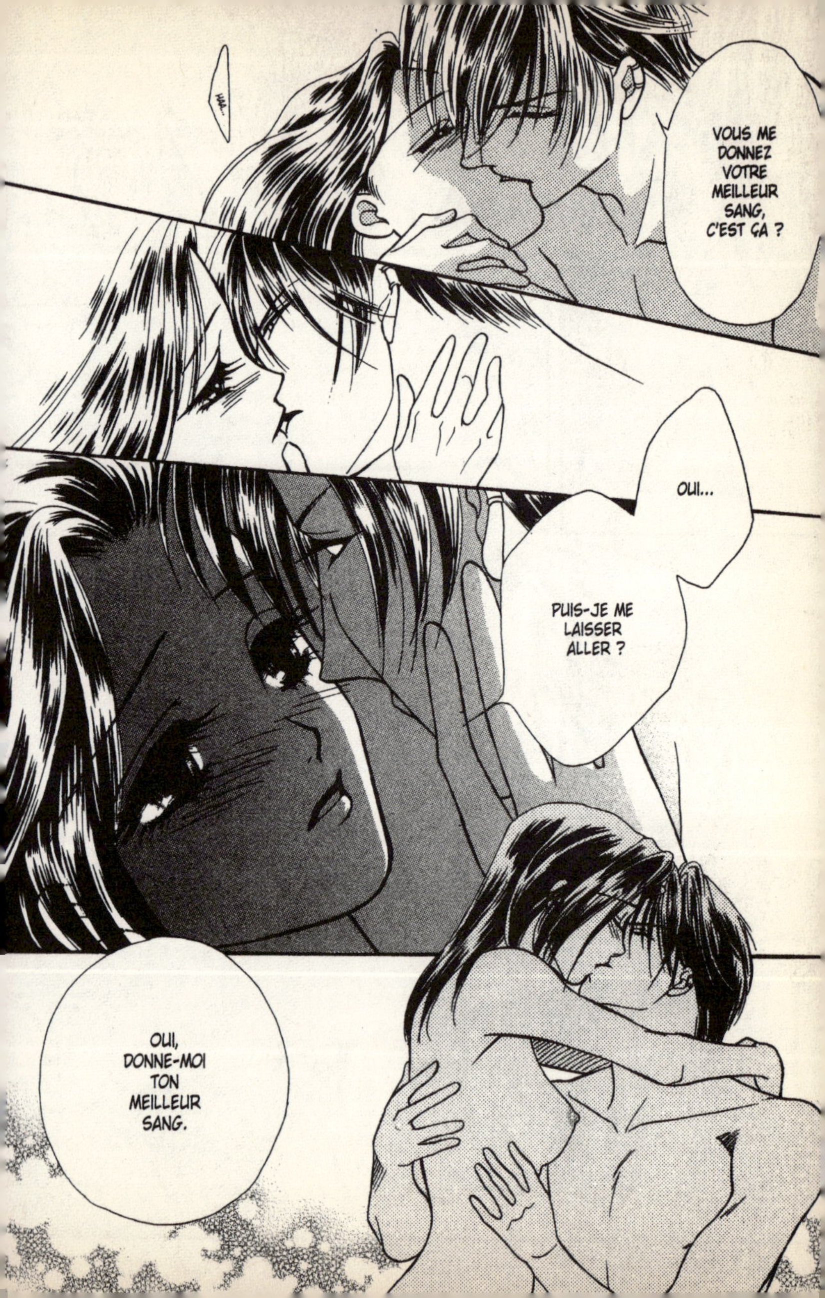
VOUS ME DONNEZ VOTRE MEILLEUR SANG, C'EST ÇA ?
HAA...
OUI...
PUIS-JE ME LAISSER ALLER ?
OUI, DONNE-MOI TON MEILLEUR SANG.

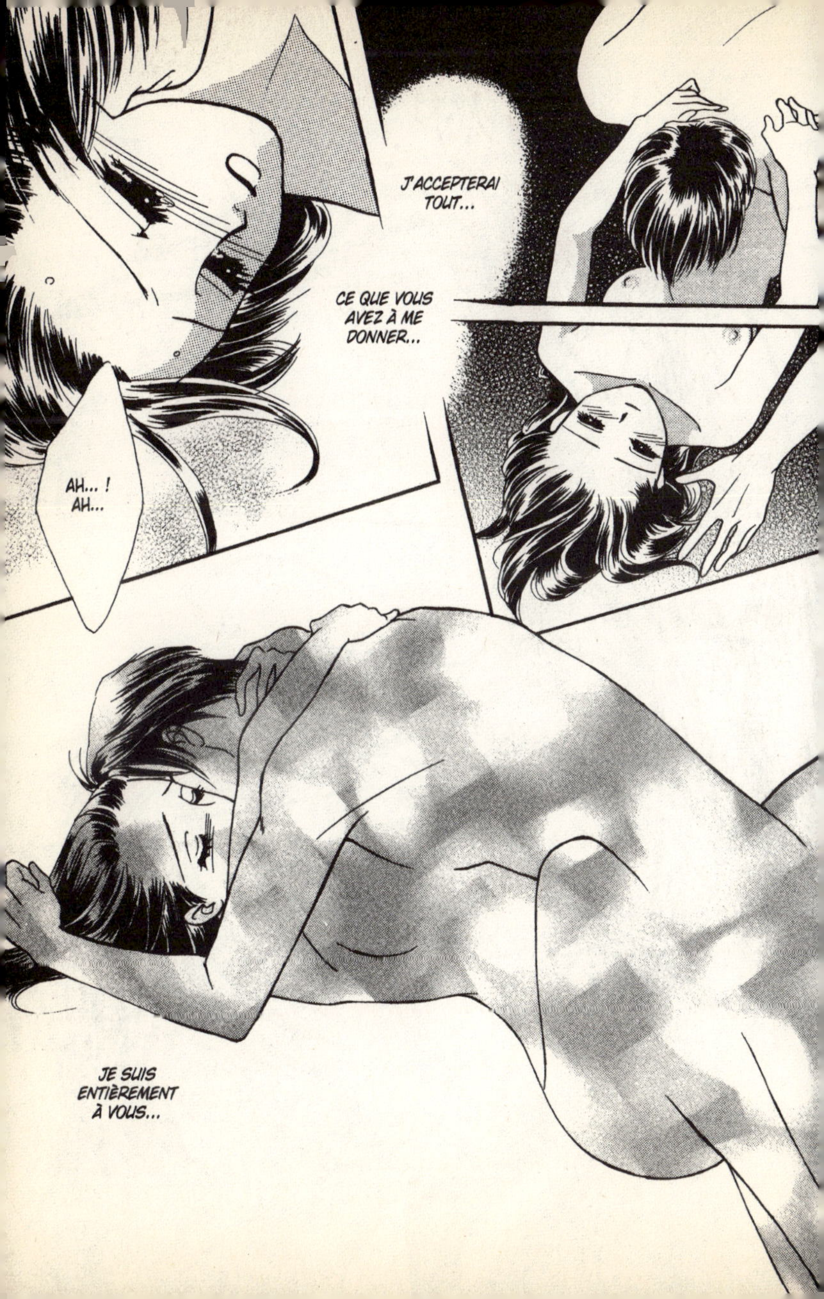
J'ACCEPTERAI TOUT...
CE QUE VOUS AVEZ À ME DONNER...
AH... ! AH...
JE SUIS ENTIÈREMENT À VOUS...

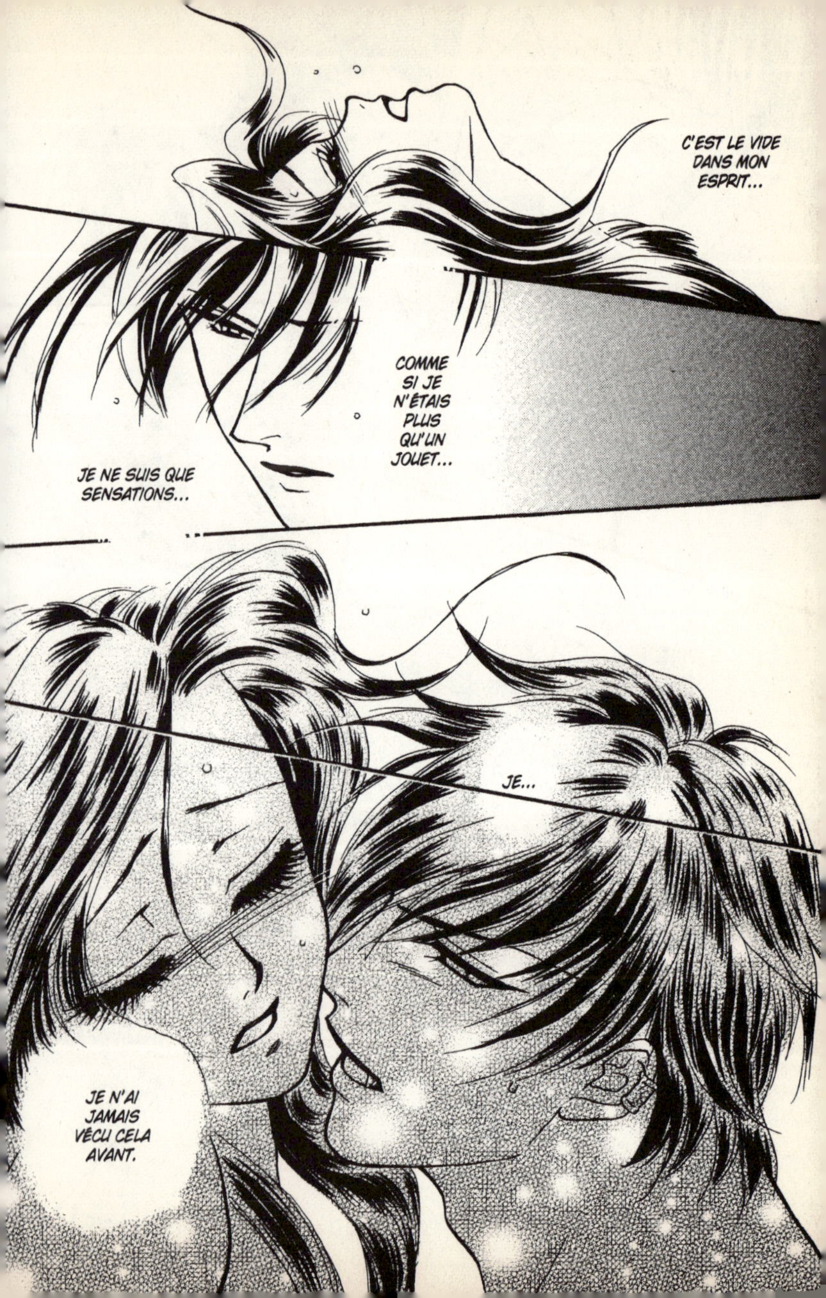
C'EST LE VIDE DANS MON ESPRIT...
COMME SI JE N'ÉTAIS PLUS QU'UN JOUET...
JE NE SUIS QUE SENSATIONS...
JE...
JE N'AI JAMAIS VÉCU CELA AVANT.

L'EXTASE...

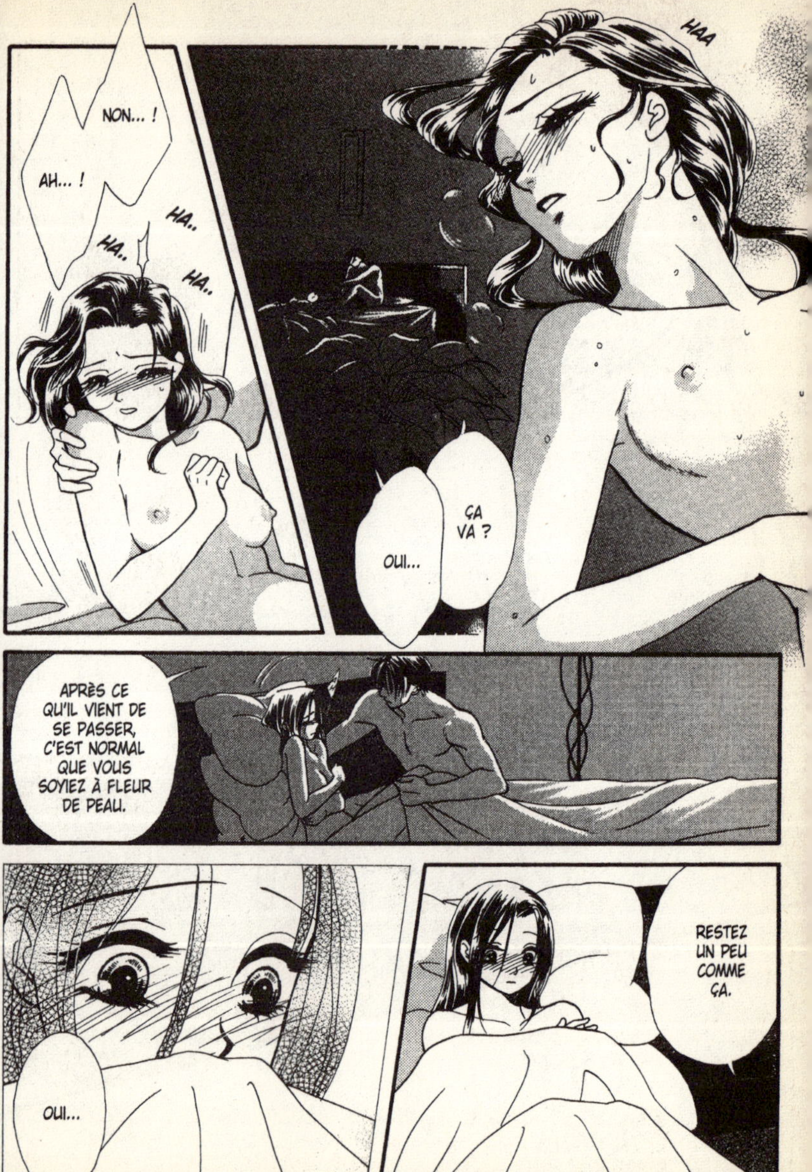
HAA
ÇA VA ?
OUI...
NON... !
AH... !
HA..
HA..
HA..
APRÈS CE QU'IL VIENT DE SE PASSER, C'EST NORMAL QUE VOUS SOYIEZ À FLEUR DE PEAU.
RESTEZ UN PEU COMME ÇA.
OUI...

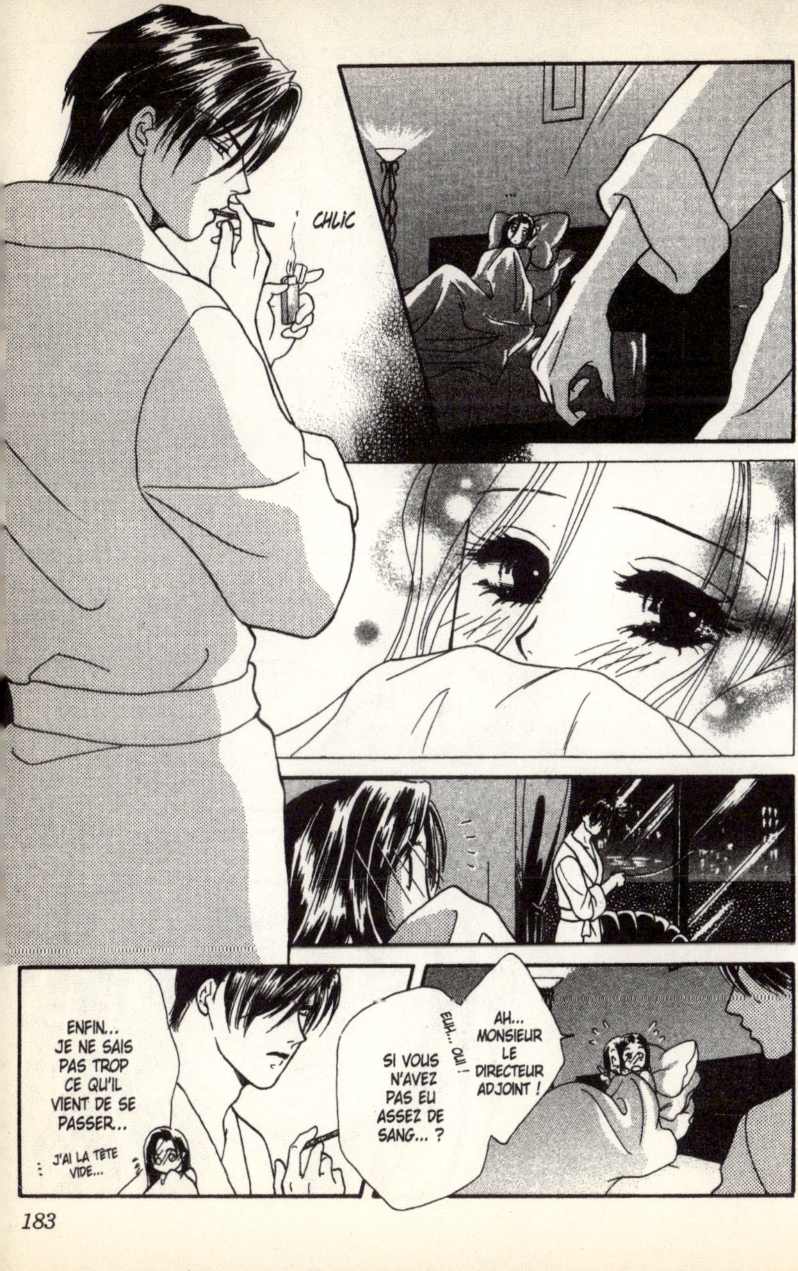
CHLIC
AH... MONSIEUR LE DIRECTEUR ADJOINT !
EUH... OUI !
SI VOUS N'AVEZ PAS EU ASSEZ DE SANG... ?
ENFIN... JE NE SAIS PAS TROP CE QU'IL VIENT DE SE PASSER...
J'AI LA TÊTE VIDE...

VOUS AVEZ PERDU BEAUCOUP DE SANG TOUT À L'HEURE.
MAIS ÇA M'A REMIS D'APLOMB.
À PARTIR DE MAINTENANT, JE COMPTE SUR VOUS POUR TOUJOURS ME DONNER VOTRE MEILLEUR SANG.
COMPTEZ SUR MOI.

PUIS-JE ALLER PRENDRE UNE DOUCHE ?
COUIC
AH...
HA
NE FORCEZ PAS. VOUS NE POUVEZ PAS ENCORE MARCHER.
NON... MAIS...
IL Y A UNE RÉUNION TRÈS TÔT DEMAIN CHEZ ERDE...
VOUS AVEZ BEAUCOUP DE TRAVAIL...
JE VAIS M'ACTIVER !
ATTENDEZ...
VOUS NE REDEVENEZ PAS MA SECRÉTAIRE ?
BIEN SÛR QUE SI !

JE VAIS CONTINUER À TRAVAILLER CHEZ ERDE...
JUSQU'À LA FIN DE MON CONTRAT. JE REVIENDRAI APRÈS.
MAIS OFFICIELLEMENT JE NE SUIS PLUS SOUS VOS ORDRES.
ET JE SUIS TOUJOURS AFFECTÉE À MON NOUVEAU POSTE.
....
SOYEZ SÉRIEUSE...
ARRÊTEZ DE TRAVAILLER POUR ERDE !
HMM
JE NE PEUX PAS FAIRE ÇA.
C'EST UNE NOMINATION OFFICIELLE.
CE SERAIT COMPLÈTEMENT IRRESPONSABLE DE QUITTER MON POSTE AINSI.
J'AI L'IMPRESSION DE LA VOIR AVEC SES LUNETTES, LÀ...

MAIS JE VOUS PROMETS QUE ÇA NE VOUS CAUSERA PAS D'ENNUIS.
UNE SECRÉTAIRE DE NUIT...
JE NE M'OCCUPERAI DE VOUS QUE LA NUIT, MAIS...
N'EST-CE PAS UNE BONNE IDÉE POUR UN VAMPIRE ?
FFEOUUUM !
HAAAA... !

MONSIEUR LE DIRECTEUR ADJOINT !?!
VOUS NE POUVEZ MÊME PAS MARCHER, ALORS...
HEIN ?
JE VOUS EMMÈNE À LA DOUCHE.
C'EST TRÈS RARE QUE JE M'OCCUPE DES FEMMES DE CETTE MANIÈRE. VOUS DEVRIEZ VOUS SENTIR HONORÉE.
MAIS... !
ET PUIS...
JE VAIS M'ASSURER QUE VOUS NE PUISSIEZ PLUS DU TOUT MARCHER DEMAIN MATIN.

One Night With You * FIN *

POSTFACE

Bonjour, c'est Ohmi Tomu !

Je suis très contente que vous ayez entre les mains mon dix-septième ouvrage !

En ce moment, ça m'ennuie de le dessiner en costume. J'ai envie de changer.

Je voulais dessiner Kyôhei en visual Kei sur la jaquette, mais j'ai laissé tomber.

Courage, Kaya ! Le Président de Erde croit aussi en vous !

En quittant Tohma, on la voit porter des vêtements de ville.

Mais elle reste très classique.

C'est un peu triste que je ne puisse pas la dessiner autrement.

Le tailleur que Kaya porte sur la jaquette du tome 1 était provisoire.

Je remercie toutes les personnes qui ont travaillé sur ce livre et toutes celles qui l'ont acheté.

En comptant fort sur Kaya, j'espère aussi vous revoir dans le prochain numéro du Petit-Comic* !

*Magazine de publication de la série.

SOLEIL
MANGA

Écrivez-nous à :
Soleil Manga
25, rue Titon
75011 Paris - France
manga@soleilprod.com

Titre original : MIDNIGHT SECRETARY 2 by Tomu OHMI

Original Japanese edition published in 2007 by Shogakukan Inc., Tokyo
French translation rights arranged with Shogakukan Inc.
through The Kashima Agency

15, bd de Strasbourg
83000 Toulon - France
Conception graphique et adaptation : Studio Soleil
Traduction : Sano Yasuhito & Charles Ardaillon
Lettrage : Studio Charon
Dépôt légal : Janvier 2010
ISBN : 978-2-30200-997-4
Imprimeur : Ercom - Italie